D1749001

Félix Bayón
La libreta negra

Félix Bayón

La libreta negra

Ediciones Destino
Colección
Áncora y Delfín
Volumen 787

No se permite la reproducción total o parcial de este libro, ni su incorporación a un sistema informático, ni su transmisión en cualquier forma o por cualquier medio, sea éste electrónico, mecánico, por fotocopia, por grabación u otros métodos, sin el permiso previo y por escrito de los titulares del *copyright*.

© Félix Bayón, 1997
© Ediciones Destino, S.A., 1997
Consell de Cent, 425. 08009 Barcelona
Primera edición: mayo 1997
ISBN: 84-233-2829-5
Depósito legal: B. 19.254-1997
Impreso por Novoprint, S.A.
Ctra. Nacional II, Km. 593
08740 Sant Andreu de la Barca (Barcelona)
Impreso en España - Printed in Spain

A mi padre, que ya no podrá leer este libro.
A mi hijo, que aún no puede leerlo.

O, beware, my lord of jealousy!
It is the green-eyed monster wich doth mock
The meat it feeds on.
WILLIAM SHAKESPEARE, *Otelo*

Don't you know there ain't no devil, there's
just god when he's drunk.
TOM WAITS, *Heartattack and Vine*

... las cuentas del alma no se acaban de pagar.
RUBÉN BLADES, *Cuentas del alma*

I

Aquella máquina prodigiosa fabricaba sólo caras sonrientes. El trabajo de Pablo consistía en alimentarla, introducir en ella los rollos metálicos que protegían el celuloide impresionado, verter los líquidos que harían visibles las imágenes escondidas y cargar de rollos de papel satinado ese ingenio cada vez que una luz roja le avisara de que debía hacerlo.

La oscura trastienda de un laboratorio de revelado rápido no es un buen puesto de observación. Los rollos caen desde el mostrador a través de una trampilla y no se ven más caras que las que van saliendo de la máquina, siempre sonrientes. Caras que se reúnen alrededor de una mesa en la que se celebra un cumpleaños, una boda, un bautizo o una cena navideña. Caras que sonríen en una playa o ante un monumento, sirviendo de testimonio de un viaje. Caras sonrientes de niños que gatean rodeados de muñecos de peluche.

A veces, entre tanta sonrisa aparece una sorpresa, una imagen que rompe la monotonía. Un gato con los ojos rojos y vaciados por el reflejo del flash. Un paisaje turbio, oblicuo y fuera de foco captado precipitadamente desde un coche en marcha. El cuerpo desnudo, con una palidez casi quirúrgica, de una mujer que oculta su cara tendida sobre una cama en lo que parece el decorado de un hotel vulgar. El mismo cuerpo, visto más de cerca, en el que sólo parece tener vida el espeso rizado del pubis.

De aquellas imágenes, Pablo esperaba la revelación de un secreto, una señal, el soplo que le permitiera estrenar la gruesa libreta negra de pastas duras y redondeados cantos rojos que, tiempo atrás, su mujer le había regalado por su cumpleaños.

Aunque nunca hubiera escrito nada sobre sus páginas rayadas, la libreta le servía al menos para dar propósito a su vida. Cuando tuvo aquella libreta por primera vez en sus manos,

Pablo decidió que escribiría en ella el relato que andaba buscando y, a la espera de que llegara el gran soplo, Pablo la tenía siempre a mano y era el primer objeto que metía en la maleta cuando tenía que hacer un viaje o se marchaba de vacaciones.

Generoso, el azar acudió en su ayuda cuando una noche, a la vuelta del trabajo, encontró en su buzón aquella carta de coqueto sobre cuadrado, que destacaba entre los demás sobres, rectangulares todos, que contenían publicidad y correspondencia bancaria y comercial. Deslizó Pablo las yemas de los dedos por el revés del sobre y lo sintió suave, creyó adivinar un resto de perfume y trató de relacionar con un rostro conocido las dos palabras manuscritas en tinta azul celeste, Lucía Aguirre se podía leer, que ocupaban sólo un rincón del lugar destinado al remite con trazos que denunciaban que su autora era una mujer de buena educación, cuando por tal se tenía la que se daba en los colegios de monjas.

Con la muerte de Adela, su mujer, las cartas de pésame habían animado algo la rutina bancaria, comercial y publicitaria del correo. Pero ahora la solitaria carta manuscrita de sobre cuadrado sólo podía ser producto de un retraso de los carteros, si es que era todavía una carta de pésame remolona y tardía, o la nota de condolencia de alguien a quien la noticia de la muerte de Adela hubiera llegado con mucho retraso.

Llevó el fajo de cartas hasta el rincón del estrecho apartamento en el que menos podía olvidar su soledad: la pequeña mesa en la que comía y cenaba a solas frente al televisor. Dispuso el sobre cuadrado en el centro, mantuvo su mirada fija en las dos palabras del remite y jugó con el resto de las cartas, abriéndolas en abanico alrededor, como si fuera a jugar un solitario o a echar un tarot.

Como ayudándose por este caprichoso rito, trató de adivinar quién podría ser la autora de la inesperada carta. En su memoria no había ninguna Lucía, aunque no podía ni debía identificar memoria y vida, porque el que no recordara a ninguna Lucía no significaba, ni mucho menos, que en su vida no existiera ninguna persona con ese nombre. Desde que murió Adela, su mujer, Pablo había ido descubriendo cosas, situaciones y personas que desconocía, que Adela le había ocultado, y la mayor parte de las veces el misterio no estaba en esas cosas, personas o situaciones, sino en la razón por la cual su mujer se las había ido escondiendo.

Aquella silenciosa Adela Puente, licenciada en paro y profesora particular de francés, había ido construyéndose un espeso baluarte contra el aburrimiento que parecía haber previsto descubrir tras su muerte, como si gozara jugando a sorprender a su marido cuando éste no podía hacer nada por defenderse, porque nadie puede defenderse de la voluntad de un muerto que trata de buscarle a uno las cosquillas con impunidad y tenacidad, si es que un muerto puede ser tenaz, porque impune sí puede ser, que a un muerto no hay modo de castigarlo ni de vengarse de él. Desaparecida Adela, era imposible adivinar ahora si aquella estela de situaciones desconocidas era un juego dejado como socarrona herencia, una venganza refinada o sólo producto de la casualidad.

Quedaba la duda, además, de si Adela sabía de la inminencia de su muerte, de si también fingía que ignoraba la prevista rapidez de su final, engañando a todos, incluso a los médicos, que pretendían hacerla creer que las suyas eran sólo unas molestias pasajeras.

Todo será muy rápido, no llegará a sufrir, le dijo a Pablo el médico después de llamarle por teléfono a casa y citarle a escondidas de Adela. Por el orden en que lo dijo y el énfasis que Pablo creyó percibir, era como si, de los dos consuelos, la rapidez del desenlace y la falta de sufrimiento, el médico pretendiera destacar el primero, seguro de que Pablo temía más a los ritos tradicionales de la agonía y la muerte, prolijos y perezosos, que a la muerte misma.

El médico, un hombre de casi cincuenta años, no era tímido, daba la mano con seguridad y no rehuía la mirada, pero parecía cohibido como si ni su veteranía ni su especialidad, era oncólogo, le hubieran acostumbrado a dar malas noticias. Pablo llegaría a recordar con mala conciencia, más adelante, cómo reaccionó con frialdad, o, más exactamente, no reaccionó a la noticia, sino a los efectos que ésta estaba causando en él, y se preocupó en estudiar su estado de ánimo en aquellos momentos, en vez de rendirse al dolor y a la pena, como se supone ha de hacerse en un caso así.

Al oír la noticia, Pablo creyó sentir una sensación que podría identificarse con el vacío pero también con el alivio, una especie de ligereza que le ayudara a trasladarse muy lejos de aquel pequeño despacho en el que el médico le había convocado, pero, a la vez, le permitiera seguir contemplando y escuchando, aunque a la sordina, a aquel hombre que titubeaba terribles palabras como carcinoma, metástasis o desenlace.

A la salida del despacho, el hospital le pareció transformado, aunque Pablo sabía que el que había sufrido la metamorfosis no era aquel lugar, sino él mismo: había dejado de ser un espectador y los enfermos y familiares que llenaban los pasillos ya no eran comparsas. Los aparatos brillantes, los curiosos tubos de plástico y los recipientes de materiales y formas caprichosas que veía trasladar de una sala a otra habían dejado de ser objetos curiosos, fabricados siempre en alegres colores claros, como si quisieran engañar a alguien, para convertirse en siniestras manifestaciones de la muerte.

Sólo había pasado medio año. Acababa de empezar la primavera cuando aquel temeroso doctor le dio la noticia y ya era otoño, y allí estaba Pablo con la mirada fija en aquellas dos palabras, Lucía Aguirre, que ocupaban un modesto rincón del lugar del sobre destinado al remite, sin ningún acompañamiento, ni una calle ni una ciudad, como si la tal Lucía diera por seguro que su identidad no planteaba ninguna duda.

Pablo reaccionó con toda parsimonia, sin dejarse vencer por el misterio: deshizo primero el abanico que había hecho con el resto de las cartas, las volvió a reunir en un solo mazo, golpeó la mesa con sus cantos hasta convertir el conjunto en algo homogéneo y lo apartó a un lado. Luego, desgarró el sobre cuadrado hasta descubrir la cuartilla rayada que estaba en su interior. La carta estaba escrita con la misma tinta azul celeste y la misma letra redonda y abultada del remite, pero el rayado de la cuartilla hacía que la carta fuera menos misteriosa que el sobre y pareciese algo infantil, o, al menos, adolescente.

La cuartilla estaba doblada y lo primero que leyó de ella fue su final, una despedida que podía ser el resumen de la carta, te sigo deseando, y la palabra Lucía subrayada levemente con una línea ascendente a modo de rúbrica. La despedida no le sacó de dudas, más bien le hizo entablar una batalla con su propia memoria, acusándola de infiel, porque no es fácil aceptar que siga habiendo deseo donde ya se ha instalado el olvido, y lo mismo que no podemos concebir desear a alguien de quien no nos queda ningún recuerdo tampoco podemos creer que sea posible ser deseado por alguien que ya no vive ni en el más remoto rincón de nuestra memoria.

Perplejo, Pablo decidió desdoblar la cuartilla y comenzar a leer. El encabezamiento con el que se iniciaba la carta, que no llevaba antes ni después ninguna data, sugería un trato familiar y cariñoso, aunque resultaba algo anacrónico. Bandido, le decía Lucía, salgo de mi largo sueño y me encuentro otra vez con tu voz, esa voz que me hace portarme como una perra, me ha llevado a dejarlo todo y me ha hecho matar a quienes creía que quería. He dejado de tomar las pastillas que me mantienen adormilada todo el día, para ver si mi cuerpo puede volver a desearte como antes, cuando en mi vida no había noche ni día y todas mis horas eran tuyas y sólo servían para esperarte, para ver si llegaba el domingo en que podría escuchar otra vez tu voz y saberme más cerca del momento en el que me vería por fin en tus brazos. Ya estoy libre y voy hacia ti. Sé que no me has olvidado. Este domingo, cuando, después de tanto tiempo, volví a encontrarme con tu voz, comprobé que me sigues queriendo, que no me olvidaste, que me sigues enviando mensajes aunque he estado cinco años sin poderte responder. Yo hice todo lo posible por ser libre, ya lo sabes, pero queriendo librarme de la cárcel de mi familia terminé encontrándome en la otra cárcel, la de verdad, y luego este largo tiempo en el hospital, donde me han mantenido dormida para que me olvidara de ti. Pero ya ves que no lo han conseguido. Ahora, lo que importa es que me has esperado y me sigues queriendo. Voy hacia ti, voy a buscarte, pero quiero que tú también vengas hacia mí. Busquemos un lugar, lejos de todos, en el que encontrarnos y dar suelta a nuestro amor. Antes quiero ir recuperando todos mis sentidos, despertarme por completo después de tantos años de tratamiento. Espero ansiosa encontrarme contigo.

Y luego, al final, la despedida que Pablo ya había leído y le había dejado perplejo: Te sigo deseando, Lucía.

II

Lucía, sudorosa, se miró en el espejo, aprovechando la huérfana luz que caía desde la bombilla empotrada en el techo. Al desabrocharse el sujetador, sus pechos quedaron libres. Lucía no recordaba cuánto tiempo había pasado desde la última vez que ociosa hasta el aburrimiento se entretuvo en observarse desnuda, pero era evidente que desde entonces había variado mucho el comportamiento de sus pechos. Esta vez, al ser puestos en libertad, no sufrieron sólo un leve estremecimiento y volvieron a ganar casi por completo y de inmediato su posición inicial, sino que se desplomaron unos centímetros, amagaron con lo que parecía iba a ser el primitivo movimiento de recuperación y volvieron a caer definitivamente.

Mientras trataba de familiarizarse con las transformaciones de su cuerpo, quiso buscar algo que la ayudara a identificarse, que la sirviera de salvavidas. Trató de reconocerse en su propia mirada, pero sus ojos la traicionaron todavía más que sus pechos. Se miraba a sí misma con recelo, como si desconfiara de esa entrometida mujer que no la quitaba ojo desde el fondo del espejo. Tuvo, incluso, en un primer momento, un fugaz reflejo y fue a ocultar su desnudez echando mano de la toalla que estaba colgada junto al lavabo, pero se dio cuenta a tiempo de lo absurdo de su reacción.

Desde la calle, lejano, llegaba el sordo alboroto del tráfico, que se colaba junto a la brillante luz de otoño a través de las rendijas de la persiana. Paseó la mirada por la habitación y se sintió tranquilizada por los desconchones de la pared, el perdido azogue del espejo y el triste brillo de los grifos, que revelaban que otras muchas vidas habían pasado y, por tanto, logrado salir de aquella pensión barata de baños compartidos.

El destartalo de aquel lugar, idéntico al destartalo del mundo que acababa de abandonar, le resultaba bastante más familiar que la chismosa mujer que la seguía observando.

Tras recorrer la habitación, sus ojos se detuvieron en el bolso de tela estampada que reposaba sobre la repisa. Abrió la cremallera y extrajo primero el objeto más voluminoso, un pequeño aparato de radio que manipuló con cuidado, casi con mimo, como si fuera algo especialmente delicado o valioso, y terminó dejando sobre la taza del inodoro; luego fue sacando perezosamente media docena de frasquitos de cápsulas medicinales y los alineó ordenándolos por su tamaño, de menor a mayor, y colocándolos como en posición de revista de modo que todas las etiquetas quedaran frente a ella. Finalmente, volvió a cerrar la cremallera.

Con la misma parsimonia, abrió el primero de los frascos, lo vació sobre su mano izquierda, tiró el envase a la papelera y fue deshaciendo una tras otra cada una de las cápsulas, arrojando los restos por el desagüe del lavabo. Repitió la operación cinco veces más, abriendo el grifo al final de cada una de ellas para hacer desaparecer hasta el último rastro y cerrándolo metódicamente después. Cuando acabó, agarró el bolso de tela estampada y se sentó en el borde del bidé. Abrió otra vez la cremallera del bolso y lo dispuso sobre la tapa del inodoro que tenía frente a ella.

Apartó toda una serie de objetos útiles, cepillo de dientes, hilo dental, dentífrico, una barra de desodorante, una botellita de champú, y los distribuyó en torno al aparato de radio. Después, extrajo el húmedo y arrugado manojo de papeles que ocupaba el fondo del bolso.

Cogió el menos ajado de todos: «Permiso de salida por tres semanas con la preceptiva licencia judicial. Informe de alta: paciente de 38 años que ingresó hace cinco por orden de la Audiencia Provincial, tras ser declarada culpable del asesinato de su esposo y sus dos hijas, de seis y cuatro años...». Lo extendió y fue pasando sobre él la palma de la mano derecha a modo de plancha, para hacer desaparecer las marcas que los dobleces habían dejado. Cuando quedó bien liso, la misma mano derecha que había domado el papel a base de caricias se mudó en garra, convirtió el informe médico en papelote, levantó con cuidado, abriendo apenas una rendija, la tapa del retrete, logrando que no se cayera ninguno de los objetos que había depositado sobre ella, arrojó el documento y tiró de la cisterna. El estruendo del agua la sobresaltó, imponiéndose al ruido apagado de los coches.

Lucía se quedó inmóvil, y como si el ruido fuera la causa de su parálisis, no volvió ni a pestañear hasta que cesó el rumor del agua que volvía a llenar la cisterna. Hecho el silencio, extrajo del bolso de tela estampada el resto de su contenido: unas monedas, un calendario de bolsillo en el que se habían marcado tres semanas con un rotulador rojo, una libreta de ahorros y un puñado de recortes de periódicos que el conjuro del tiempo y la humedad amenazaban con transformar de nuevo en pasta y lo depositó todo en la especie de altarcito para objetos útiles que había desplegado sobre la taza del inodoro.

Esta vez la mano derecha no se bastó por sí sola para tratar de amansar y dar forma útil al amasijo de papel, y necesitó la ayuda de la izquierda para despegar con mimo las diversas hojas e irlas desplegando una junto a otra en el suelo. En todas ellas se repetía el mismo nombre: Manolo Corbacho, un hombre, se decía, que todos los domingos daba consuelo a los corazones solitarios y había logrado conservar su rostro en el anonimato. El mismo hombre que afirmaba en otro recorte no dirigirse a todas las mujeres, sino sólo pensar en una cuando hablaba frente al micrófono.

Volvió a vestirse y a deshacer el improvisado altarcito, que ordenó y guardó de nuevo en el bolso estampado. Salió al pasillo y en el viejo teléfono de monedas que había en la pared del fondo marcó un número que parecía saberse de memoria. Respondió la voz de Corbacho aprisionada en una cinta magnetofónica que invitaba a dejar un mensaje después de que sonara un bip. Sonó el bip y las palabras no acudieron al auxilio de Lucía. Colgó, volvió a marcar, escuchó de nuevo la voz del hombre y otro bip, pero no pudo expresar sino silencio. Volvió a intentarlo una tercera vez y, por fin, muy quedamente, para que nadie de la pensión la oyera, logró decir: Corbacho, bandido, he vuelto.

III

Te sigo deseando, Lucía. Pablo Ansúez había leído ya más de cien veces estas cuatro palabras y mantenía aún sus ojos fijos sobre ellas cuando, por fin, se decidió a actuar de una manera práctica y trató de indagar en el matasellos el origen de la carta. Recuperó el sobre roto y se aplicó a la tarea de descifrar inútilmente el nombre de la ciudad desde la que había sido remitida, que aparecía completamente emborronado y, por tanto, ilegible.

Junto al chapucero estampillado, la redonda y abultada caligrafía azul celeste le pareció ahora aún más escrupulosa. Repasó minuciosamente el trazado de las letras hasta distinguir en qué puntos el plumín había hecho más presión y en cuáles había pasado trazando sólo una leve estela en la que el azul de la tinta se iba haciendo cada vez más liviano hasta desaparecer por completo.

Se entregó a este ejercicio con decisión, como si de pronto se creyera grafólogo y pensara que así podía adivinar algo de aquella Lucía que confesaba desearle y él había traicionado con el olvido.

Enredado en la caligrafía, hipnotizado casi por ella, sólo el aburrimiento le llevó a leer el frente del sobre. Encima de la dirección, Olmos 16, que era la suya, no aparecía su nombre, sino el de su vecino. Manuel Corbacho Gallardo, leyó con alivio Pablo, sintiéndose de pronto liberado de la embarazosa tarea de tener que adivinar quién era la tal Lucía, absolviéndose de haber condenado al olvido a una mujer que confesaba seguir deseándole y vislumbrando a la vez una ilusión de venganza.

El misterio tenía finalmente una explicación que era la más sencilla de entre todas las posibles: el cartero debía de haberse confundido al repartir la correspondencia y había metido en su buzón una carta de su vecino, Corbacho Gallardo, como a él mismo gustaba identificarse cuando llamaba por teléfono, respetuoso con su intimidad, para anunciarle cada una de sus visitas, por fugaces que éstas fueran, y aunque sólo tratara de pedirle sal o azúcar o un huevo, o cualquiera de esos préstamos que son rutina de buena vecindad.

Siempre, en todas aquellas llamadas telefónicas con las que anunciaba sus breves visitas, Manuel Corbacho Gallardo mencionaba sus dos apellidos, pero ponía énfasis en el segundo, como si más que un simple sustantivo lo de Gallardo fuera toda una cualidad.

En una de sus primeras visitas, una mañana en que Adela había salido, Pablo encontró en Manuel Corbacho el ocasional confidente que venía necesitando desde hacía una semana, desde el día en que el médico le citó a solas para hablarle de carcinomas, metástasis y desenlaces. Corbacho venía esta vez a por fuego para encender la cocina y poder hacerse un café.

Chico, dijo dicharachero al entrar, después de haber telefoneado como de costumbre anunciando su visita, desde que dejé de fumar se me ha olvidado que los mecheros sirven también para otras cosas.

En el modo de hablar de Corbacho se podía detectar esa euforia que se adueña de los solitarios cuando encuentran a alguien con quien hablar después de muchas horas de silencio. Pablo lo interpretó así, vio en la soledad de su vecino una oportunidad para desahogar su secreto y le invitó a entrar.

Pasa, yo también iba a hacerme un café, puedes tomártelo aquí, le sugirió.

No era cierto que pensara tomar café. Ni siquiera sabía con exactitud dónde guardaba Adela la cafetera y tardó bastante en regresar a la salita en la que le esperaba Corbacho, ya que cuando logró poner la cafetera sobre el fuego aún tuvo que buscar las tazas, un par de servilletas de papel, las cucharillas, el azucarero y una bandeja, y tardó menos en cocerse la infusión que él en hacerse con todos estos objetos y disponerlos con orden.

Cuando volvió, encontró a Corbacho Gallardo hojeando con una mezcla de curiosidad y aprensión, o al menos así le pareció, el ejemplar de *Madame Bovary* que Adela había dejado abandonado.

Las primeras palabras que pronunció Corbacho para iniciar la conversación desentonaron con su postura, despatarrado y hundido en el sofá, y el modo ocioso con el que pasaba las páginas de un libro que, era evidente, no le interesaba nada: Qué liado estoy, chico, dijo Corbacho repitiendo nuevamente lo de chico con ese aire, entre familiar y de superioridad, que suelen darse los madrileños ante quienes apenas conocen. Lo de mostrarse de pronto tan ocupado sólo podía tener dos significados: o Corbacho buscaba ya una excusa para acabar pronto su visita o, más probablemente, trataba de darse importancia ante el vecino que apenas conocía.

A pesar del trabajo que había costado prepararlo, apenas probaron el café. Corbacho cambió rápidamente de opinión y se interesó más por la invitación que Pablo le hizo de modo casi ritual cuando posó por fin la bandeja sobre la mesa. Sí, gracias, me tomaría a gusto una copita, respondió con rapidez, admitiendo sin querer que no estaba tan liado como decía, ni mucho menos, y que lo de pedir fuego para encender la cocina y hacerse un café era sólo una excusa.

A Pablo le resultó mucho más fácil buscar la botella de whisky, un par de vasos y la cubeta de hielo, que sí sabía perfectamente dónde estaban, que preparar café. Era una ceremonia a la que estaba más habituado y la completó en apenas dos minutos. En este breve plazo aún tuvo tiempo de preguntarle a Corbacho Gallardo si le gustaba con agua, no, respondió éste, y cuántos bloques de hielo quería, dos.

Llenos los vasos, Pablo no quiso ser menos que su inesperado invitado y se repantigó en un sillón. Qué tal, le preguntó, tratando de ser amable y saber si todo estaba a su gusto. Quizá Corbacho interpretó esta pregunta como una forma demasiado directa de interesarse por las auténticas razones que le habían llevado hasta la casa de Pablo con la ya poco creíble excusa de pedir fuego, pero lo cierto es que no supo qué responder y pareció cohibido e incapaz de seguir llamando chico a Pablo, al menos durante un rato.

Bien, balbuceó Corbacho con timidez, estrenando así una faceta hasta ahora desconocida de su personalidad. Mucho trabajo, añadió, echando mano al recurso laboral, que es junto al meteorológico el más socorrido en estas ocasiones.

Corbacho tardó poco en recuperarse de su súbito ataque de timidez y retomó el discurso que ya había apuntado un poco antes: Ya te digo, muy liado. Muy muy liado, insistió por si no hubiera quedado claro. Ya sabes, la radio.

Pablo jamás había escuchado el programa dominical de Corbacho Gallardo, un espacio de difusión local que sus jefes le habían cedido diez años atrás como premio por los buenos resultados de su trabajo como vendedor de publicidad, que era su auténtico oficio. Pronto consideró un trámite la tarea como vendedor publicitario que le daba de comer y le ocupaba toda la semana, y comenzó a almacenar toda su ambición para volcarla en esas dos horas del domingo, de diez de la mañana a doce del mediodía, en ese programa para seres solitarios que era insólito, pues siempre se ha considerado que sólo la madrugada es capaz de dar cobijo radiofónico a los que se sienten solos.

«Para Ti», que así se llamaba el programa de Manuel Corbacho, no tenía casi ninguna competencia a esas horas y así se había ido convirtiendo en la más insignificante, aunque persistente, gloria local de la radiodifusión. En esas dos horas, Corbacho se transformaba. Su voz trataba de seducir, y aparecía cálida y serena, como si fuera la única voz del mundo que a esas horas tempranas del domingo hubiera logrado sobrevivir a los excesos de la noche del sábado.

El esquema del programa era muy sencillo y casi no había experimentado cambios desde que comenzó a emitirse. La audiencia, casi exclusivamente femenina, escribía cartas contando sus penas, y Corbacho Gallardo las leía, después de extractarlas y alterar algo su contenido buscando siempre resultados lacrimógenos.

Sólo una breve cortinilla musical, un quejoso solo de violín que parecía sacado de un restaurante húngaro, separaba la lectura de las cartas de las respuestas de Corbacho. Más que consejos, Corbacho recitaba arengas con las que pretendía animar a sus desesperadas oyentes, halagándolas, coqueteando con ellas con no más sutileza que la que invierte el carnicero zalamero en distraer la atención de la compradora para enjaretarla género caduco, repitiendo una y otra vez los mismos recursos, como afirmar con todo el aplomo que la remitente de turno estaba en lo mejor de su vida, fuera cual fuera su edad.

A pesar de lo primario que era, el invento funcionaba, y eso que, en diez años, Corbacho Gallardo sólo había hecho una innovación. Como generosa y única concesión al progreso tecnológico, puso a disposición de la audiencia un contestador automático en el que dejar mensajes día y noche, cualquier día de la semana.

Corbacho, que, inevitablemente, había terminado creyéndose el personaje que él mismo había ido construyendo, tuvo que financiar esta mejora con fondos de su propio bolsillo, ya que nadie en la emisora le tomaba suficientemente en serio.

El programa de radio transformó la personalidad de Corbacho. Antes era un servicial compañero, el que todos los años organizaba el almuerzo de Navidad y el que recaudaba fondos para las listas de bodas de los empleados que se casaban o la canastilla de las que iban a ser madres. Pero, poco a poco, como si hubiera querido construirse una coraza con la que protegerse de un posible ataque de ternura provocado por las confidencias de sus oyentes, su carácter fue endureciéndose y se hizo más descreído.

Y, mientras dejaba de creer en los demás, Corbacho fue comenzando a creer en sí mismo, convenciéndose de la capacidad lenitiva de su programa de radio que consideraba ya, más que indispensable, casi un remedio universal.

Es muy duro darte cuenta de que toda esa gente, todas esas mujeres, esperan tus palabras, saber que unas pocas frases pueden hacerlas felices, explicaba Corbacho mientras acababa el primer whisky, que le había curado de repente la súbita timidez que le invadió cuando creyó que Pablo indagaba las auténticas razones de su visita.

Dos whiskies después, fue la lengua de Pablo la que se desataba y, por primera vez, contaba a alguien su frustración: Llevo toda una vida buscando una historia que contar y no la encuentro, quiero escribir, sé que puedo hacerlo, pero no se me ocurre nada.

Corbacho, que creía encontrar suficientemente estimulante la realidad, o, al menos, la porción de realidad que le tocaba vivir cada fin de semana gracias a su programa de radio, quiso encontrar la solución: ¿No hay nada en tu vida de interés?

Pablo negó con un leve movimiento de cabeza.

Entonces, Corbacho se sintió generoso y comenzó a relatar, una tras otra, las más brillantes confidencias que había ido recibiendo en su programa a lo largo de los últimos años, toda una larga ristra de frustraciones: amores no correspondidos, cuernos no consentidos, tentaciones de adulterio jamás satisfechas.

Pablo escuchó en silencio; mudo, más que atento. Después de conocer tantas confesiones, tantas impudicias radiadas, Pablo se atrevió a contar a Corbacho lo que aún no había dicho a nadie.

Sabes, dijo, Adela tiene un cáncer y va a morir pronto.

Pablo pronunció estas palabras de un tirón, como si hubiera ensayado esta confesión muchas veces ante el espejo, aprovechando la pausa que Corbacho había hecho en su relato de hazañas sentimentales para concentrarse en la tarea de repartir equitativamente entre los dos vasos el whisky que quedaba en la botella.

Corbacho reaccionó con lentitud, tal vez porque su cerebro tardara en descifrar la frase de Pablo, pronunciada en un tono neutro, nada dramático, inapropiado para los oídos y el entendimiento de Corbacho, encallecidos por las expresiones desgarradas y la desmesurada retórica.

Pero no hubo ninguna respuesta a la confesión de Pablo. Antes de que Corbacho tuviera tiempo de expresar no ya unas palabras, sino tan sólo un gesto de asombro, dolor o solidaridad, antes quizá de que su cerebro terminara de descifrar la confesión que Pablo le acababa de hacer, sonó un tintineo de llaves, una puerta que se cerraba y el frufrú del tejido de la gabardina que Adela acababa de colgar en el perchero de la entrada.

Adela sonrió a Corbacho antes incluso de mirar a Pablo y éste sintió la desazón de una sospecha, o quizá algo parecido a los celos, como si al compartir con Corbacho su secreto sobre Adela estuviese también compartiendo a la misma Adela.

Pablo y Corbacho no volvieron a hablar de la enfermedad de Adela. Pero el secreto mudó su relación: Corbacho ya no se sentía obligado a hacer ninguna exhibición de su importancia ante Pablo. Comenzó a frecuentar el piso de Pablo y Adela, y no sólo para pedir aceite, sal o una cinta virgen de vídeo en la que grabar una película.

Las frecuentes cenas de los tres tomabam el aire desganado de lo cotidiano. Comían en silencio viendo las noticias en el televisor, y apenas hacían comentarios, y, si los hacían, eran lo suficientemente livianos como para que sirvieran sólo para cubrir el silencio, y no llegaran nunca a encender un debate. Quizá temían que si se lanzaban a conversar libremente terminarían destapando sus secretos.

Al final de la cena, el plato de Adela quedaba siempre intacto. Adela parecía perder peso cada día. Su piel iba tomando un tono levemente grisáceo y la delgadez había convertido su rostro en una mueca. Cada dos semanas acudía al hospital a hacerse unos análisis, pero jamás su enfermedad era tema de conversación. Los días en que tocaba visita al médico la cena era más silenciosa aún que de costumbre. Y hasta era difícil averiguar cuáles eran esos días, porque Adela nada comentaba y Pablo tampoco se atrevía a preguntar. La única señal era que esos días Adela salía muy pronto de casa por la mañana, a una hora en la que era poco probable que fuera a dar sus clases particulares de francés.

Esta precaria dedicación profesional de Adela fue motivo de un sordo incidente. Una noche en que Corbacho estaba algo achispado, el silencio de la cena le pareció quizá demasiado pesado y trató de hacer un chiste mientras en la televisión pasaban un reportaje sobre qué idiomas preferían estudiar los jóvenes en el bachillerato: el francés aparecía entre los últimos. Eres especialista en una lengua muerta, dijo Corbacho a Adela con una familiaridad que extrañó a Pablo, pero no fue la insólita familiaridad sino la palabra muerta la que formó estela, quedando como recuerdo de la frase, y el silencio se hizo más incómodo aún que de costumbre.

Una mañana, al amanecer, Pablo sintió que algo viscoso había inundado las sábanas. Era la sangre de Adela que manaba incontenible. Encendió la luz, vio que había desaparecido la mueca de su rostro y también su tono grisáceo y que tenía una apariencia serena y una palidez que incluso robaba algo de color al sol del amanecer hasta llegar a parecer irónicamente saludable.

Cuando llegó la ambulancia ya no había nada que hacer, eso dijo el médico antes de susurrar un lo siento, y, a pesar de lo duro del momento, Pablo no pudo evitar que sus pensamientos escaparan del dolor que se suponía debía sentir y se dedicaran a discurrir sobre si el doctor y los camilleros que le acompañaban se sentirían humillados por tener que vestir ese ridículo blusón, esa especie de sambenito de plástico color naranja con una gruesa franja blanca reflectante que rodeaba todo el pecho y que llevaba a su vez sobrescrita la palabra urgencia en letras amarillas.

Dos hombres jóvenes, con aire de sobrecargos de aviación y vestidos como tales aunque con chaquetas algo más ajadas, se hicieron cargo del cadáver y le dieron una cartulina escrita por la impresora de un ordenador en la que le informaban en qué lugar del tanatorio y a partir de cuándo podría asistirse al velatorio.

Durante los tres meses que pasaron desde que Pablo conoció la mortal enfermedad de Adela pensó muchas veces con miedo en este momento; el momento en que le tocaría hacerse cargo de la burocracia de la muerte, una burocracia que desconocía y por tanto le agobiaba. Nunca supuso que, llegado el momento, otro la haría por él, y que Corbacho, alertado probablemente por la llegada de la ambulancia, se encargaría de dar aviso a la funeraria y Pablo sólo tendría que firmar media docena de papeles; entre ellos, un cheque.

Liberado del papeleo y solo en el piso, sin tener a lugar alguno al que acudir para despedirse del cadáver de Adela, porque éste estaba en un lugar desconocido, quizá sufriendo la última vejación de una autopsia, Pablo trató de bucear en sus sentimientos, y nuevamente apareció en él la mala conciencia que ya brotó cuando el médico le anunció la mortal enfermedad de Adela y él se preocupó de estudiar su estado de ánimo en vez de rendirse al dolor y la pena, como suponía debía de hacer en un caso así.

El papel que le había dado el hombre de la funeraria decía que el cadáver estaría en el tanatorio al día siguiente a las ocho de la mañana. Casi quedaba todo un día hasta ese momento.

Pablo cerró la puerta del dormitorio, aún en desorden y ensangrentado, y pasó la mañana y buena parte de la tarde sentado en la pequeña mesa en la que aún quedaban restos de la cena de la noche anterior, con los ojos fijos en el televisor, que mantuvo con el sonido apagado, no se sabe si por querer aparentar sensación de duelo ante la vecindad o para encontrar aún más sin sentido en las imágenes de la pantalla y embeberse en ellas con facilidad, mientras trataba de sondear sus sentimientos y buscar entre ellos uno que pudiera identificar con el dolor, como creía que correspondía al momento. Pablo logró esquivar la sensación de paso del tiempo desenchufando el teléfono, cerrando las persianas y cambiando de canal cada vez que aparecía un telediario o un programa cuyo horario conocía.

Cuando debía de ser media tarde, sonó el timbre de la puerta. Dudó si abrir o no. Podía ser la familia de Adela, que hubiera viajado desde su ciudad después de conocer la noticia, y se preguntó quién se la habría transmitido y si esta ritual visita formaba parte del mismo paquete fatal y automático que incluía al médico, la ambulancia, los hombres de la funeraria y la cartulina impresa por ordenador que le comunicaba que a partir de la mañana del día siguiente el cadáver de Adela estaría esperando ser velado en el tanatorio.

Creía Pablo que quien estuviera llamando a la puerta había desistido ya cuando nuevamente sonó un timbrazo. Muy probablemente entre el primer y segundo timbrazo no pasó apenas medio minuto, pero Pablo navegaba entre sus sentimientos y el mar de imágenes que salían del televisor y había perdido ya el sentido del tiempo. Caminó hacia la puerta sin siquiera tratar de adivinar con quién se encontraría, pues ya para entonces había desaparecido de su cabeza, sin razón alguna, la idea de que serían los familiares de Adela.

El aturdimiento y la falta de luz de la escalera le impidieron identificar al primer intento a la persona que pretendía interrumpir su soledad. Fue el silencio, curiosamente, el que le dio pistas. Era Estrella, eterna amiga de Adela y sombra constante de su biografía: compañera de colegio y de facultad, y acompañante, siempre callada, en la eterna búsqueda de empleos precarios.

Estrella y Adela habían continuado sin interrupción su amistad cómplice al margen de sus matrimonios, y Pablo, que no recordaba haber conocido al marido de Estrella, tampoco creía haber llegado a hablar nunca con ella, siempre silenciosa, siempre a la sombra de Adela. Por eso fue precisamente el silencio el que le ayudó a identificarla. Estrella aguantó en el descansillo de la escalera sin decir palabra hasta que Pablo, no mucho más locuaz en esta ocasión, le dijo: Pasa.

Obediente, Estrella entró, dejó en el suelo la bolsa de plástico que traía y se quitó la gabardina, que dejó cuidadosamente colgada en el perchero del vestíbulo. Sin decir palabra, y sin apenas hacer ruido, recogió los platos de la cena de la noche anterior que quedaban sobre la mesa y desapareció en la cocina. Luego volvió a por la bolsa de plástico, se encerró de nuevo en la cocina y apareció con una bandeja en la que había un bote de cerveza, un bollo de pan y dos recipientes de plástico de los que se utilizan para las comidas preparadas.

Pablo y Estrella se sentaron frente a frente en la mesa y fue entonces cuando Estrella habló por vez primera. Come, dijo. Pablo abrió el bote de cerveza y miró a los ojos de Estrella, tratando de ver en ellos el sentimiento que ella se resistía a expresar con palabras. No tenía churretes de lágrimas, ni los ojos enrojecidos, pero sí un poso de pena o de cansancio en la mirada.

Estrella se levantó y desapareció nuevamente; esta vez, en el dormitorio. Volvió a salir, aparentemente nada impresionada por la visión de la sangre, y cogió en la cocina una bolsa de basura de plástico negro.

Mientras acababa perezosamente con la cerveza, Pablo perdió la cuenta de las veces que Estrella entró y salió del dormitorio trajinando cubos, productos de limpieza, bayetas y hasta un pulverizador de color fucsia que Pablo no recordaba haber visto antes y que llenó la casa de un perfume barato.

Sin hacer ninguna pregunta, Estrella retiró la bandeja en la que aún estaban sin abrir los recipientes de comida y la llevó a la cocina. Dando un pequeño tirón a la manga de la camisa de Pablo le invitó a seguirla hasta el dormitorio.

Pablo, con la docilidad de un niño que trata de congraciarse con su madre, se dejó desnudar y sólo puso de su parte lo inevitable cuando sintió que el cuerpo de Estrella envolvía el suyo y se negaba a soltarlo hasta que terminó por contraerse, como si sufriera una sacudida, y de su boca, silenciosa siempre, salía un breve sonido apagado, apenas un hipido.

Cuando Pablo se despertó, era de madrugada, las cuatro y veinte, según pudo ver en el despertador, y estaba solo. No tuvo que hacer ningún esfuerzo de memoria para recordar por qué Adela no estaba a su lado y calculó mentalmente el tiempo que le quedaba para acudir al tanatorio.

Para tratar de aliviar su soledad, intentó fijar la imagen de Estrella, pero no pudo. Trató de rastrear su olor o una huella de su cuerpo sobre el colchón o la almohada y tampoco pudo. Sólo su propio sexo, desmayado y pegajoso; las bandejas de comida en el frigorífico; un traje oscuro previsoramente sacado del armario, cepillado y dispuesto sobre una silla, y una nota escrita en un papelito amarillo y pegada sobre el televisor testimoniaban el paso de Estrella por la casa.

No he querido despertarte, pero tenía que decirte que Adela quería que la incinerasen. Tengo una carta suya para ti. Te la llevaré al tanatorio, decía la nota.

IV

Pablo no vio a Corbacho hasta que llegó al tanatorio. Estaba solo en un rincón, incómodo por no conocer a nadie o interpretando quizá el papel de hombre enigmático que trata de pasar desapercibido. Pero era evidente que no lo conseguía. A pesar del traje oscuro, muy formal, que vestía para la ocasión, o quizá precisamente por el traje y las gafas negras con las que escondía sus ojos, Corbacho parecía más bien venir de juerga que ir a un entierro.

Estrella también estaba sola en un rincón, pero Pablo tardó en localizarla porque estaba en el numeroso grupo formado por las compañeras y amigas de la infancia de Adela, y había logrado camuflarse por mimetismo entre ellas hasta casi lograr el estado de invisibilidad que parecía ser meta de su vida.

Estaba Pablo tratando de simular que conocía a todos los que se acercaban a saludarlo y decirle lo siento cuando llegó en su ayuda Corbacho, que, probablemente como expresión de su dolor, torció el gesto y le dio un manotazo en el hombro mientras le llamaba chico. Me he permitido hacer todo el papeleo, le dijo a Pablo, espero que no te haya molestado.

Pablo se encogió de hombros y apuntó una sonrisa como gesto de agradecimiento. Gracias a la muerte de Adela, Pablo estaba reviviendo una experiencia que había desaparecido de su vida con la infancia: la sensación de que los problemas se solucionan mágicamente porque hay otros que se ocupan de ellos. Decidió seguir dejándose llevar y entró en el coche que le señaló Corbacho sin preguntar nada. Había comenzado a llover con suavidad, como si el tiempo quisiera ayudar a componer la escenografía triste que se suele exigir a los entierros, y Pablo, agradecido, llegó a sospechar fugazmente que éste podía haber sido también un detalle de Corbacho.

Dirigido por un silencioso chófer, el coche en el que viajaban Pablo y Corbacho entró en la autopista siguiendo al furgón fúnebre, que, acostumbrado a hacer varias veces al día el mismo recorrido del tanatorio al cementerio, se internó en el tráfico zigzagueando a más de cien por hora y dejando atrás a toda la comitiva, que, con las prisas, había perdido ya la poca solemnidad que tenía.

El conductor del furgón fúnebre parecía jugar un juego que conociera bien, repetir una travesura que tuviera bien ensayada y que no acababa con la loca persecución en la autopista, porque lo peor fue llegar al cementerio y ver que el coche que llevaba el cadáver de Adela se mezclaba con otra media docena de coches idénticos y otros tantos cortejos fúnebres. Ajeno al caos y como si la cosa no fuera con él, un anciano sacerdote que se cobijaba bajo una marquesina iba repartiendo hisopazos a los coches que pasaban por enfrente.

Pablo miró a Corbacho suplicante y éste se quitó las gafas y le hizo un gesto con el que trató de darle confianza, de sugerirle que tenía todo previsto y no perderían el rastro del furgón en el que iba Adela. El chófer se volvió hacia Corbacho en busca de instrucciones y Corbacho le dijo algo al oído.

Tras unos instantes de titubeo, siguieron a un furgón fúnebre y a su vez fueron perseguidos por el resto de la comitiva en una ordenada y, esta vez, lenta fila que acabó en una explanada en la que todos abandonaron sus coches y contemplaron en silencio cómo el ataúd era introducido en la boca de un pequeño túnel y luego desaparecía suavemente, sin que nadie lo empujara y sin que ningún ruido revelara la existencia del mecanismo que hacía deslizar la caja.

Una vez dentro, una cortinilla se cerró sobre la entrada del pequeño túnel. Las argollas de la cortina produjeron un breve silbido metálico que pareció despabilar a los asistentes, que habían presenciado quietos y en silencio la maniobra. Todos fueron recuperando el habla y el movimiento, poco a poco, como si no supieran muy bien qué hacer, pero sin dejar de mirar, aunque fuera de reojo, la inquietante chimenea que se levantaba sobre la construcción que encerraba ahora el cuerpo muerto de Adela.

Pablo reconoció entre los presentes a algunos de los que le habían saludado en el tanatorio, pero había otros completamente desconocidos. De nuevo, se despertó en él la idea de que podían estar en un error e iban a convertir en cenizas el cuerpo de otra persona, mientras Adela, contra su voluntad, era metida bajo tierra en otro rincón del cementerio bajo la mirada de gente que había acudido acompañando a otros difuntos. Con esta duda apareció en Pablo la certeza de que era efímera la sensación que había gozado en las últimas horas de que los problemas desaparecían como por milagro, y que esta plácida creencia había durado sólo lo que su encierro frente al televisor. Corbacho, consciente de las dudas de Pablo, volvió a repetir su gesto de confianza; esta vez, sin quitarse las gafas negras. Luego, sin decir ni una palabra, le echó una mano sobre los hombros y le empujó suavemente de nuevo hacia el coche, mientras con la otra mano figuraba bajar una barrera con la que pretendía librar a Pablo de más pésames y despedidas.

Cuando ocupó su lugar en el asiento trasero izquierdo, vio a Estrella tras la ventanilla de ese lado. El rostro de la silenciosa amiga de la ya difunta Adela era tan inexpresivo como siempre. No hacía ningún gesto para llamar la atención, pero Pablo se sintió incómodo por verse observado como si estuviera en el interior de una pecera y decidió abrir la ventanilla para hablar con ella. Indagó en el interior de la puerta del coche, pero no encontró ninguna manivela ni ningún botón. Estrella seguía mirándole sin aparentar verlo mientras Pablo se atareaba en intentar abrir la ventanilla. Cuando ya había desistido y trataba de dirigir hacia Estrella un gesto de impotencia a través del cristal cerrado, éste comenzó a bajar suavemente, probablemente porque el chófer, cuya cara Pablo aún no había visto, había accionado el mecanismo adivinando sus deseos. Esta inesperada ayuda del chófer recuperó en Pablo la placentera sensación de que había quienes cuidaban de él: hacían el tétrico papeleo que acompaña a la muerte, acertaban el deseo de Adela de ser incinerada y hasta le alimentaban y le vestían.

Cuando se abrió por fin la ventanilla, apareció una mano de Estrella con un sobre blanco que Pablo cogió justo antes de que la mano volviera a desaparecer y el cristal subiera de nuevo, lentamente, hasta cerrar la ventanilla.

La explanada se había vaciado de dolientes y Corbacho y Pablo, además del chófer, seguían sentados en silencio dentro del coche. El vaho fue velando las ventanillas como si quisiera hacerles creer que estaban perdidos en un banco de niebla y necesitaran permanecer quietos hasta que volviera a aparecer el paisaje. Corbacho miró el reloj y sin decir nada abandonó el coche. A través de la puerta que acababa de abrirse, Pablo vio que todo seguía igual que antes en el exterior: el suelo brillaba mojado y sobre él se reflejaba la construcción en la que había entrado el ataúd y su inquietante chimenea. Las ventanillas bajaron hasta que el aire hizo desaparecer el vaho y pudo verse a Corbacho regresando al coche. Entró y entregó a Pablo con gesto solemne un recipiente cilíndrico cubierto por un estuche de plástico que tenía un cierre de cremallera. Harto quizá de tanto silencio, Corbacho se sintió obligado a decir algo y no se le ocurrió otra cosa que una frase corta pronunciada casi en un susurro: No somos nadie.

V

Las calles habían cambiado bastante desde que Lucía no las pisaba. Eso, al menos, le pareció. En los cinco años de encierro, cada vez que los medicamentos le permitían la lucidez mínima que exige la nostalgia, recordaba sus paseos por las calles de aquella que había sido toda la vida su ciudad. En su clausura gustaba de evocar sus caminatas a solas, libre del brazo de su marido, de las manos pringosas de sus hijas y de las bolsas de la compra.

Sentía mucho placer provocándose esas ilusiones en las que se veía ligera, casi flotando sobre el suelo, cruzándose frente a tantas caras y tantos cuerpos desconocidos. Pero ahora que podía pisar las calles de verdad, sin la trampa cómplice de la ensoñación, la realidad desmerecía muchísimo de la fantasía, y eso creaba confusión en la mente de Lucía, que no se veía capaz de asimilar esta nostalgia de la nostalgia y se sentía perdida en ella como en un laberinto de espejos.

Lucía se sentía torpe caminando por aquella calle tan ancha, llena de cines, tiendas y quioscos de periódicos y tabaco. No había mucha gente, pero Lucía temía tropezar y caer al suelo y se veía obligada a calcular sus movimientos con la previsora astucia que es propia de los jugadores de billar, porque el problema no era sólo que ella se sintiera menos ágil que en sus sueños y recuerdos, sino que la calle era también mucho más difícil de transitar. Para ayudarse, Lucía se fijaba en el punto más lejano de la acera por la que caminaba e intentaba marchar en línea recta hacia él, pero no podía andar ni cinco metros manteniendo este propósito, porque siempre aparecía frente a ella la mampara de una parada de autobuses, unos cilindros que pretendían imitar la presencia del acero pavonado y que pronto comprendió que encerraban unos urinarios o unos postes que no tenían otra aparente finalidad que servir de soporte a unos carteles publicitarios.

Disminuyó el ritmo de su paso para disimular sus titubeos, que casi la hacían balancearse, o al menos así lo sentía ella, y se abrazó con fuerza a su bolso de tela estampada como si éste pudiera protegerla. Se detuvo, hurgó en él hasta encontrar la libreta de ahorros y giró su cabeza tratando de atinar con el mismo color verde, las mismas letras doradas y el mismo símbolo en forma de rechoncha hucha que se veían en la portada.

Poco habituada a los grandes espacios, tardó en discernir tantas letras, colores y dibujos que acudían a sus ojos desde la acera de enfrente hasta distinguir una marquesina sobre la que se podían ver las mismas letras, pero sobre un fondo diferente y junto a un dibujo que nada tenía que ver con una hucha, sino que más bien parecía la media docena de trazos con los que los niños suelen representar las casas.

Abrazada a su bolso de tela estampada, Lucía esperó la luz verde que habría de abrirle el paso. Mientras, a su lado fueron congregándose otras personas que esperaban la misma luz y también en la acera de enfrente se reunió un grupo que pretendía cruzar pero en sentido contrario. A Lucía, ninguna de aquellas personas le recordaba a nadie y prefirió verlas como cuerpos sin rostros. Imaginándolas así, simplificaba su tarea y evitaba distracciones. Cruzar hasta el banco era algo que debía hacer de un golpe, sin detenerse en mitad de la calle, porque, si titubeaba, podría ser arrastrada otra vez al punto de origen por las personas que cruzaban en sentido contrario. O, en el mejor de los casos, si no lograba alcanzar la acera de enfrente antes de que la luz verde que esperaba volviera a convertirse de nuevo en roja, quedar aislada en el centro de la calle, rodeada por los coches. Trató de construir una estrategia. Buscó en la acera de enfrente un hueco entre el grupo de personas que esperaba cruzar la calle y no lo encontró. Sin dejar de abrazar el bolso, agachó la cabeza, como si se dispusiera a embestir a cualquiera que quisiera impedirle el paso. Flexionó las piernas, fijó más los pies al suelo y afianzó su posición en el trozo de acera que ocupaba, temerosa de que alguno de los que esperaban con ella la empujaran y la hicieran perder pie.

Fijó toda su atención en la luz, todavía apagada, que representaba el perfil de la figura de un presuroso hombrecito con sombrero. Justo cuando vio que el hombrecito se iluminaba en verde, arrancó a cruzar la calle, sin que nada ni nadie se atreviera a cortar su enérgico paso hacia la acera de enfrente, primero, y hacia la puerta del banco, después.

La entrada de Lucía en la oficina, casi en tromba, no fue notada por nadie y tan siquiera sirvió para interrumpir el bostezo del guardia de seguridad, que no abandonó la contemplación de un indefinido punto de la pared que tenía enfrente.

Lucía trató de distinguir alguna cara detrás de los reflejos del cristal blindado que separaba la escasa clientela de los empleados del banco. No reconoció a nadie y dudó qué hacer. A pesar de los cambios estéticos de la fachada, aquella oficina era casi idéntica a la que durante años había visitado en su barrio, pero echó de menos que el director, obsequioso, no saliera a recibirla, que no la invitara a pasar a su despacho, como hacía siempre con sus mejores clientes, que no la llamara sin parar doña Lucía y que, sin quitar los ojos de sus pechos, no la preguntara por las niñas ni hiciera llamar a una secretaria para obsequiarla con unos globos y unas huchas de hojalata.

Lucía se dirigió a la caja, dejó la libreta y su carnet sobre el mostrador y pidió que la informaran de cuánto dinero había en la cuenta. Una empleada tecleó unos números, hizo deslizar la banda magnética de la libreta por una ranura y puso en marcha la impresora. Llevaba ya la máquina zumbando rítmicamente más de un minuto, cuando la empleada miró sonriente a Lucía y le dijo: Hacía mucho que no pisaba usted un banco... Cada cierto tiempo y con movimientos casi mecánicos de tan repetidos, la empleada sacaba la libreta de la impresora y pasaba página. Cuando llegó a la última, introdujo una nueva libreta y pasó la antigua a Lucía, que se entretuvo perdiéndose entre la larga fila de números, todos muy similares, que se repetían en la columna de ingresos todos los días 5 de cada mes, junto a la leyenda Pago Seguridad Social, sin que hubiera ninguna anotación en la columna de gastos.

Mientras la nueva libreta se llenaba también de números, Lucía cogió un impreso, puso una cifra, lo firmó, se lo pasó a la aplicada empleada y esperó hasta que ésta le devolvió un fajo de billetes junto a la nueva libreta. Vio un anuncio de tarjetas telefónicas, llame sin necesidad de monedas, decía, y pidió una. Cuando la tuvo en sus manos, pasó sus dedos sobre la tarjeta, como acariciándola o quizá investigándola, y guardó todo, tarjeta, libretas y fajo de billetes en el fondo del bolso de tela estampada.

VI

Espérame, pasaré por tu casa, y no te preocupes de nada, ya he hablado con tu trabajo y me han dicho que te tomes tres semanas de vacaciones, se despidió Corbacho desde el interior del automóvil en el que el silencioso chófer había conducido a Pablo desde el cementerio hasta su casa.

Con las manos ocupadas por el sobre blanco que le había dado Estrella y el cilindro con las cenizas de Adela, Pablo se sintió agobiado al descender del coche. Mientras acomodaba el cilindro bajo el brazo izquierdo para poder abrir el portal, pensó que la causa de su agobio no estaba sólo en la dificultad de moverse con las manos ocupadas, sino en que ya comenzaba a inquietarle que siguieran cuidándole y decidiendo por él. Tantos mimos le provocaban una sensación placentera que había convertido en irreal el tiempo transcurrido desde la muerte de Adela. Pero ahora comenzaban a inquietarle: se sentía como un niño que no logra comprender, por mucho que se esfuerce, lo que hay a su alrededor, o, quizá peor, como la víctima de una conspiración en la que todos menos él supieran al detalle lo que estaba por ocurrir, como si todos menos él conocieran el guión escrito por alguien, Adela quizá, que regiría sus próximos días, o, por qué no, incluso el resto de sus días.

Después de luchar con una sola mano contra las dos cerraduras y los botones del ascensor, Pablo puso el sobre de Estrella sobre la mesita del salón y dudó dónde dejar el cilindro, como si buscara para él un lugar especialmente solemne y digno. Finalmente, decidió resolver sus titubeos dejándolo sobre el televisor.

Liberado de la corbata, la chaqueta y los zapatos, Pablo se sentó frente a la mesita del salón y se dispuso a abrir el sobre que le había entregado Estrella. El sobre no tenía nada escrito y Pablo supuso que Adela habría entregado su contenido a Estrella y que había sido ésta la que lo había metido en un sobre cerrado para entregárselo a él. Pablo no sería pues el primer lector del mensaje, que, normalmente, habría antes leído Estrella, a la que, de siempre, ya suponía depositaria de los secretos de Adela.

Dentro del sobre había un folio de papel azulado escrito a mano, con la misma caligrafía primorosa que Adela utilizaba para dejarle mensajes con encargos rutinarios sobre la puerta del frigorífico. Al igual que hacía en esos mensajes, Adela se había ahorrado cualquier trato afectuoso y lo encabezaba con su solo nombre, Pablo, y dos puntos.

Cuando leas esto, decía el mensaje, todo habrá acabado. Me voy con la duda de si tú sabes que yo sé que me quedan pocos días de vida. Espero haber logrado hasta el último momento no hacértelo pasar demasiado mal. Como sé que te agobias con facilidad, me he encargado de prever que te ayuden a hacer todos los trámites. Manolo se ocupará del papeleo y Estrella de las gestiones para la incineración y de cuidar de ti. Me gustaría que viajes con Manolo hasta Punta Paloma y allí lancéis mis cenizas a la orilla del mar. A la vuelta, podéis tomaros en mi memoria un pastel de tocino de cielo con nata en la confitería de la plaza del pueblo. Quiero que me recordéis a través del mejor sabor de mi infancia. Es la única ceremonia fúnebre que admitiré. No bebáis mucho. No olvides meter en el equipaje la libreta negra. Nunca se sabe, puede llegarte la inspiración durante el viaje. He pasado contigo los mejores momentos de mi vida.

Y, al final, sin más, la palabra Adela, como firma desnuda, sin el subrayado de ninguna rúbrica ni precedida de más despedida que ese recuerdo a los mejores momentos de su vida.

Cuando sonó el timbre, Pablo adivinó de inmediato que se trataría de Corbacho, al que Adela, en su nota, llamaba familiarmente por su nombre, Manolo, y no por su apellido, como Pablo recordaba habérselo oído mencionar siempre. Corbacho ya no llevaba el traje oscuro, ni las gafas de sol, ni estaba tan repeinado como en el cementerio. Tenía una bolsa de viaje en la mano y entró sin mayores ceremonias, como venía haciendo desde la muerte de Adela, como si el tutelaje que desde entonces venía ejerciendo sobre Pablo le diera derechos sobre él y sobre su casa, privándolo de esa intimidad a la que se suele considerar que no tienen derecho ni los niños, ni los enfermos, ni los familiares más cercanos de los difuntos.

¿No has hecho la maleta?, preguntó Corbacho, dejando claro que conocía con detalle cuál era el siguiente paso que debían dar, según los deseos expresados por Adela. Pablo tomó la pregunta como una orden y entró en el dormitorio con el propósito de obedecer, pero se encontró con que no tenía necesidad alguna de hacerlo: sobre la cama había un maletín con ropa, cepillo de dientes, utensilios de afeitado y arriba del todo, en el centro, en el lugar más seguro, el que se suele destinar a las camisas, la gruesa libreta negra de pastas duras y redondeados cantos rojos.

Al entrar en el coche de Corbacho, Pablo consideró poco respetuoso guardar en el maletero, junto al equipaje, el cilindro que contenía las cenizas de Adela y lo apoyó sobre sus rodillas. Tengo que pasarme por la emisora, hoy me toca programa, ya sabes; es sólo un par de horas, le advirtió Corbacho a Pablo.

La emisora de Corbacho estaba en el centro de la ciudad, en una zona llena de cines, vendedores de lotería y paseantes ociosos. A Pablo, que jamás había estado en una emisora de radio, le sorprendió que el lugar fuera tan simple y tan vacío; no podía verse ninguna máquina asombrosa y no había más personal que una recepcionista muy maquillada y un técnico que no paraba de bostezar.

Pablo llevaba incómodo el cilindro de las cenizas y buscó apoyo en la banqueta que había en un rincón de la habitación acristalada a la que le condujo Corbacho. Vio que Corbacho trataba al técnico con sequedad y le entregaba una cinta de casete que acababa de sacar del bolsillo. Mete sintonía, luego hablo yo, volvemos a sintonía y luego metemos la cinta del contestador, dispuso Corbacho, que, indudablemente, gozaba dando órdenes, antes de ocupar su lugar frente al micrófono, al otro lado del cristal.

El técnico hizo sonar un disco en el que un violín parecía lamentarse, sollozando, del músico que lo maltrataba. Corbacho mantenía la mirada baja, como si necesitara concentrar sus pensamientos, y comenzó a hablar lentamente, como un hipnotizador de barraca de feria, y en un tono grave, que a él le gustaría probablemente que se describiese como aterciopelado, manifestando un acento del sur que, hasta el momento, Pablo no había detectado nunca, pero que, reconoció, hacía buen juego con el pelo rizado y brillante del locutor y su fino bigotillo.

Ha sido una semana muy dura, has pasado sola muchas horas, en tu cama y en tu corazón han seguido los mismos vacíos de siempre, y has estado esperando, ansiosa, este momento, aquí, por fin, está este programa, recitó de memoria Corbacho antes de abrir un pequeño silencio que vino a llenar con rapidez el quejoso maullido del violín. Corbacho pronunció solemne el título del espacio, «Para Ti», antes de que, de nuevo, regresara la música.

El técnico seguía bostezando mientras Pablo comenzó a interesarse con curiosidad por las palabras de Corbacho, que siguió susurrando halagos a la audiencia antes de comenzar a halagar directamente a su propio programa, que él mismo calificó de Ocurrencia Salvadora y Benéfica Cadena de Solidaridad.

Entre las muchas cartas que he recibido esta semana hay una que me ha abierto el corazón, decía Corbacho sin leer ningún papel, demostrando una prodigiosa memoria o una procaz imaginación para inventar historias que trataba de hacer pasar por verídicas, María, desde Lugo, cuenta el secreto que le quema el alma. Se hizo un breve silencio, volvió a quejarse el violín y Corbacho Gallardo ralentizó el ritmo de sus palabras e hizo su voz más grave para dar quizá la impresión de que leía un texto en lugar de improvisarlo: Creo que por fin he encontrado el amor, pero es un amor prohibido, desde hace dos semanas mantengo relaciones con el mejor amigo de mi hijo mayor, que tiene diecisiete años.

Volvió el violín, tratando de dar cuartel al estupor que se pretendía haber despertado en la audiencia, pero allí, a ambos lados de la pecera, todo permanecía igual: Corbacho seguía sin levantar la mirada y el técnico sólo dejó de bostezar cuando, durante la pausa publicitaria, sonó el teléfono, que despachó con una frase seca y un encogimiento de hombros.

María espera vuestros consejos, vuestras opiniones, dijo Corbacho en cuanto pudo imponerse al violín, manteniendo esta vez un tono que parecía querer ser a la vez de predicador y de pregonero. Esta semana ha seguido abierta, las veinticuatro horas, nuestra línea de amor, amistad y solidaridad. Volvió el violín, Corbacho pronunció un número de teléfono, de nuevo el violín, y de nuevo Corbacho: Éstos son los mensajes que hemos recibido esta semana.

El técnico, al que el aburrimiento no le impedía ser obediente, apretó un botón a la vez que Corbacho hacía un gesto aparatosamente imperativo, lanzando lo más lejos que pudo de su cuerpo el dedo índice de la mano derecha. Comenzaron a sonar voces femeninas apagadas por la timidez o por el afán de tratar de oscurecer sus timbres para no ser reconocidas. La mayor parte de ellas se referían a asuntos tratados en otros programas y daban ánimos a otras oyentes. Entre mensaje y mensaje sonaba el bip con el que el contestador los iba separando: Ánimo, Vanessa, yo también sé lo que es tener que salir adelante con dos hijos y un marido borracho; Éste es un mensaje para Pura, creo que lo mejor es que consultes a un médico, la verdad es que a mí eso que cuentas no me parece normal, no sé qué quieres que te diga; No te deprimas, Matilde, se pasa muy mal cuando los hijos se van de casa, pero también tiene sus compensaciones, búscate un entretenimiento, viaja, no sé, ya verás cómo te lo pasas bien; Pura, hija, no seas exagerada, no creo que sea para tanto, eso de la ninfomanía es un invento de los curas y los machistas; Cómo te envidio, Matilde, si tú vieras lo que es tener tres hijos como castillos en casa que no se quieren ir, no se molestan ni en buscar trabajo y además se traen a comer y a dormir a las novias...

La cinta del contestador de Corbacho iba avanzando mientras sonaba el rosario de consejos y alguna confidencia indiscreta que las oyentes habían ido grabando en él durante la semana. Los consejos se repetían y todos iban dirigidos a las tres mujeres que, aparentemente, habían compartido el estrellato en el programa anterior: Vanessa, la hastiada mujer de un alcohólico; Matilde, la madre deprimida y con complejo de clueca, y Pura, que en su madurez acababa de descubrir el orgasmo múltiple y lo confundía con una enfermedad nerviosa.

Entre una y otra llamada, y entre bips de separación, se impuso tres veces seguidas un largo silencio, como si alguien no se hubiera atrevido a dejar su mensaje. Estos silencios sacaron por fin al técnico de su aburrimiento: se incorporó con rapidez, sacudió con disgusto la cabeza y apretó el botón del que surgían los lamentos del violín para tapar los vacíos de sonido.

Iba ya el técnico a sacudir su cabeza una cuarta vez, cuando la cinta dejó escuchar la voz de una mujer que parecía salir de un largo sueño, como si estuviera adormecida o borracha. El técnico, a quien claramente estas sorpresas no le gustaban nada, subió el volumen y así pudo escucharse: Corbacho, bandido, he vuelto.

Corbacho levantó la mirada del micrófono por primera vez desde que se sentó en el estudio y Pablo quiso ver en él una mirada de alarma malamente disimulada.

VII

Una vez que desaparecieron las fábricas, los descampados y los grandes bloques de viviendas a los que el tiempo, la desidia y la pobreza habían teñido de un color pardo, la carretera que llevaba al sur ofrecía un paisaje amplio y luminoso. Pablo decidió quitarse la chaqueta. Para lograrlo, tuvo que despojarse primero del cinturón de seguridad y abandonar en el asiento de atrás el cilindro de las cenizas. Libre del engorro de su carga, que trataba de llevar con algo de decoro y ceremonia desde que salió de casa, sintió que le invadía el optimismo. Era un día de otoño brillante, se alejaba de la ciudad y de la monotonía del trabajo, e iniciaba quizá una aventura. En la maleta estaba la gruesa libreta negra de pastas duras y redondeados cantos rojos que Pablo guardaba desde el comienzo de su relación con Adela, en la etapa de las mejores intenciones. La libreta, en la que Pablo prometió y se prometió escribir la obra de su vida, se había convertido con el tiempo en amuleto y coartada a la vez; en testigo de sus buenos deseos, de sus ansias de dejar algo para la eternidad.

La libreta formaba parte del cortejo fúnebre de Adela por expreso deseo de ésta, pero también por rutina, ya que había acompañado a Pablo en todos sus desplazamientos. Pero esta vez había algo que le hacía barruntar a Pablo que, por fin, estaba a punto de llegar el momento en el que encontraría la historia de su vida, el argumento que le serviría para comenzar a llenar de palabras la libreta negra. Posiblemente fuera un espejismo, producto de la euforia que le provocaban el sol y la sensación de libertad, pero Pablo Ansúez sentía que su vida estaba a punto de cambiar.

Corbacho Gallardo, en cambio, no parecía muy jovial. Como si hubiera agotado todas sus palabras durante la emisión del programa de radio, Corbacho conducía en silencio, sin apartar la vista de la carretera, poniendo todos sus sentidos en la conducción o entregándose, más bien, al ensimismamiento. Pablo quería romper el silencio, pero prefirió que fuera Corbacho el que tomara la iniciativa, como solía ser la norma no sólo desde la muerte de Adela, sino desde que, seis meses atrás, apareció en su piso para pedirle una cerilla con la que encender el fuego para hacer café.

En el horizonte apareció una mancha blanca que se fue agrandando hasta dejar ver sobre el blanco de la cal el color terroso de las tejas.

Me parece que conozco un sitio en ese pueblo en el que se come bien, dijo Corbacho abandonando por fin el silencio. Podríamos parar, añadió mientras ponía el intermitente para salir de la autopista revelando que ya había pensado detenerse sin esperar a la respuesta de Pablo.

Corbacho fue dando vueltas con el coche por el pueblo, buscando algún detalle, alguna pista, que le recordara el lugar en el que estaba el restaurante. Las calles estaban vacías, no había nadie a quien preguntar y tampoco estaba claro que Corbacho conociera el nombre del restaurante que buscaba. Por tercera vez, Pablo vio a su derecha una plaza con unos árboles que imaginó naranjos sólo porque suponía que el sur debía estar cerca, y dedujo que Corbacho daba vueltas por las mismas calles, como si trazara círculos en torno a una presa.

Es aquí, dijo Corbacho con seguridad señalando la plaza de los supuestos naranjos. Hacen un cordero cojonudo, ya verás. El sol brillaba fuerte, sin los otoñales tonos amarillos que habían dejado atrás, en la ciudad, y Pablo se animó a salir del coche sin la chaqueta.

Al restaurante se entraba después de pasar junto a una barra sobre la que colgaban jamones y ristras de ajos. Dentro sólo había una mesa ocupada: dos hombres maduros que iban acompañados por dos jovencitas. Pablo habría querido sentarse en la mesa de al lado para poder fisgar sus conversaciones, pero un camarero se interpuso y les condujo al otro extremo del comedor, justo frente a un gran horno de hierro forjado del que un hombre con un gorro blanco sacaba una fuente con dos cochinillos. No pudo evitar una siniestra relación de ideas y recordó que había dejado el cilindro que contenía las cenizas de Adela en el asiento trasero del coche.

Ya verás, prometió de nuevo Corbacho nada más tomar asiento. Una frasca de vino, ensalada y dos raciones de cordero; de costillar, naturalmente, ordenó decidiendo por ambos.

En la otra mesa, uno de los dos hombres, el que parecía más hablador o con más poder, hacía una demostración de cómo trinchar un cochinillo con el borde de un plato, mientras el otro, callado, hacía girar con mucha ceremonia la copa de vino, asomaba luego la nariz a su interior y, finalmente, la levantaba frente a los ojos para mirar al trasluz. Estaban los dos hombres tan embebidos en sus intentos de deslumbrar a las jóvenes que éstas podían intercambiar libremente sonrisitas y miradas cómplices sin temor a ser observadas.

Los hombres vestían de gris y no parecían dispuestos a hacer ninguna concesión a la alegría cromática, ni siquiera en las corbatas: de rayas la del que trinchaba el cordero y de topos la del que trataba de pasar por entendido en vinos. Las mujeres, en cambio, no vestían de un modo que invitase a suponer que vinieran de trabajar en una oficina. Una llevaba una cazadora de plástico que imitaba piel de leopardo y la otra un jersey de angorina de color lila. Ambas llevaban faldas muy cortas y zapatos de tacón. En un rincón, junto a la mesa, había dos grandes bolsas de nailon, con muchos colorines, como las que utilizan los deportistas, y que, sin duda, pertenecían a ellas y no a los dos hombres de gris.

Llegó la frasca de vino a la mesa de Corbacho y Pablo, y, junto a ella, un plato con chorizo y otro con pan. Fue Pablo, como si quisiera conquistar la capacidad de iniciativa, o asumiendo quizá un papel subalterno, el que sirvió el vino.

Nunca había visto hacer un programa de radio, pensaba que todo era más aparatoso, dijo Pablo con la intención de abrir tema de conversación.

La técnica es ya muy discreta, los aparatos son cada día más pequeños, ya no impresionan a nadie, respondió Corbacho exhibiendo algo de nostalgia.

No me refería a eso, repuso Pablo, me refería a la tranquilidad con la que hacéis el trabajo, no parece asustaros la idea de que haya tanta gente escuchando, que haya gente que esté esperando tus palabras para decidir su futuro, para elegir qué hacer con sus vidas.

Es cuestión de oficio, como todo, aseguró Corbacho, sin que, con esta respuesta, quedase claro si pretendía darse o quitarse importancia. Pero aun así, no creas, añadió, hay algunas historias que conviene enfriar para que no se conviertan en obsesión. Hay cartas y llamadas que dan miedo. Siempre te queda la duda de que sean sólo bromas. Incluso preferiría que fueran bromas.

Los hombres de gris y las jóvenes con minifalda habían acabado ya el segundo plato. El camarero tomaba nota de los postres, los cafés y las copas y el hombre de la corbata a rayas, el de más autoridad, aprovechó para pedir la cuenta a la vez que entregaba una dorada tarjeta de crédito. De ninguna manera, invito yo, se oyó que le decía, en voz muy alta y de forma exageradamente solemne, al otro hombre de gris.

Hablar de sí mismo, o, en el peor de los casos, de su programa de radio, era uno de los temas de conversación favoritos de Corbacho, que parecía haber recuperado la locuacidad perdida durante el viaje.

Hoy ha habido algo que no me ha gustado, algo que me ha traído malos recuerdos, continuó Corbacho. Con las prisas, no he podido editar la cinta del contestador y se han colado varias llamadas de alguien que colgaba sin dejar grabado ningún mensaje. Eso suele suceder, aunque no con tanta frecuencia. Pero, sobre todo, estaba ese extraño mensaje de la mujer que parecía hablar desde el fondo de una caverna y me llamaba bandido. Me ha traído muy malos recuerdos. Muy malos.

De modo algo teatral, Corbacho bebió de un trago el vino que tenía en su copa e hizo un silencio mientras el camarero dejaba sobre la mesa una fuente con ensalada y un plato de barro con el cordero. Sin más ceremonias, Corbacho comenzó a servirse el cordero en su plato a la vez que volvía a hablar.

Hace cinco años que no escuchaba esa voz. Se llamaba, se llama, Lucía. Llamaba con frecuencia. Se sentía sola. Ya sabes, lo de siempre. Entonces yo no tenía puesto el contestador. Fue precisamente después de este asunto cuando decidí instalarlo y no atender ninguna llamada directamente durante el programa. Su voz me gustaba: era profunda, tenía misterio. No sé. Por lo que contaba, era de una familia de clase media alta, más bien con pelas. Estaba casada y tenía dos hijas. Como insistía tanto, pensé que era una broma. Pero me equivoqué. No llegué a verla nunca. Afortunadamente. Decía que estaba locamente enamorada de mí y que me deseaba. Que quería dejarlo todo para comenzar una nueva vida conmigo. Me di cuenta de que, para ser una broma, la cosa comenzaba a durar demasiado. Me localizó por teléfono en los lugares más inesperados. Incluso en mi casa. Comencé a volverme paranoico. Estaba seguro de que me seguía. Hasta decidí mudarme. Fue entonces cuando me fui a vivir al apartamento de al lado del vuestro, del tuyo, quiero decir. Dejó de llamarme durante unos días. Bueno, desde entonces no me ha vuelto a llamar más.

Una mañana leí en el periódico una noticia. Puede que fuera casualidad, pero, no sé, algo me hizo creer que se trataba de ella. Una mujer que se llamaba Lucía, una mujer de buena posición, que vivía en un buen barrio, ya sabes, había matado una noche a su marido y a sus dos hijas, dos niñas pequeñas. Los periódicos sólo traían una foto de la puerta del piso con un gran charco de sangre, pero ya te puedes imaginar lo que decían: cada cuerpo había recibido cincuenta o cien cuchilladas, estaban destrozados. Deduje, no sé por qué, que la Lucía que me llamaba y la que había asesinado a su marido y a sus hijas eran la misma. No volví a recibir ninguna llamada de aquella mujer, ni tuve más noticias. Tampoco quise indagar. No quería saber más de este asunto. Hasta hoy, cuando he vuelto a escuchar su voz. Sí, estoy seguro; era ella. La misma voz, más apagada, más lenta, como si se acabara de levantar, pero con el mismo timbre. Y, además, me llamaba bandido. Así me llamaba. Decía que le había robado su corazón y su cerebro. Yo creía que era, cómo se dice, una metáfora, eso, una metáfora. Luego me di cuenta de que lo decía en serio, que se creía que yo la había poseído, que hacía magia, o yo qué sé, para adueñarme de ella y de sus sentimientos.

Manuel Corbacho Gallardo hizo una pausa. Llenó nuevamente la copa de vino y repitió el mismo gesto teatral, bebiéndola de un solo trago. Parecía como si quisiera aprovechar el silencio para buscar una frase que sirviera de resumen y punto final.

Me parece que la he cagado, acabó por decir.

Corbacho y Pablo comenzaron a comer en silencio. En la otra mesa se animaba la fiesta. Las voces de las dos mujeres sonaban cada vez más fuerte. La mujer del jersey de angorina de color lila se tapaba la boca con una servilleta, como si quisiera disimular la risa. O el llanto. Daba hipidos entrecortados que acompasaba con estremecimiento de hombros e interrumpía con aullidos. La mujer de la cazadora de leopardo plástico y los dos hombres de gris se callaron y volvieron sus ojos hacia ella. Cuando estuvo bien segura de que se había hecho con la atención de todos, los aullidos se transformaron en llanto. Señaló al hombre que parecía menos importante, el que pretendía pasar por entendido en vinos. Lanzó un grito: Me Ha Llamado Puta. Soltó la servilleta y con la mano derecha bien abierta, con los dedos muy separados, descargó una bofetada sonora al menos importante de los hombres de gris. Hubo un silencio que sirvió para que se escuchara con detalle el sonido de una copa que caía al suelo, rodaba y terminaba rompiéndose contra la pata de una silla.

Mientras la mujer del jersey de angorina lila volvía a refugiarse tras la servilleta y los dos hombres grises quedaban paralizados de asombro, la mujer de la cazadora de leopardo plástico pasó a la acción. Pegó un tirón al mantel y, si bien no consiguió su propósito, que parecía ser el de tirar todo al suelo, logró trastabillar las copas, tazas y botellas que quedaban en pie consiguiendo un inquietante campanilleo que finalizó sin nuevas mermas en la cristalería, pero sirvió como aviso: los dos hombres, con fingida parsimonia que probablemente trataban de hacer pasar por dignidad, fueron dejando sus servilletas en la mesa, ajustaron sus corbatas al unísono, como si fuera éste un gesto ensayado, y desfilaron hacia la puerta sin siquiera tener en ningún momento la debilidad, o la precaución, de mirar atrás.

Temerosos de ser descubiertos fisgando, Pablo y Corbacho volvieron a la tarea de ir deshuesando el costillar del cordero con la precaución suficiente de que la grasa no les llegara a invadir los puños de las camisas. Sonó la puerta de la calle, un sonido tímido que nada tenía de portazo airado. Hubo un breve silencio y luego dos largas y resonantes risotadas, que sonaron libres, sin la sordina, púdica y discreta, de las servilletas. Serán Mamones, tronó la del leopardo plástico, aparentando más gozo que indignación.

Corbacho levantó la mirada del plato y la dirigió hacia las mujeres mientras se pasaba la servilleta por los labios. Las aletas de su nariz se dilataron como si reviviera en él el instinto oculto del cazador y terminó pontificando: Todo un carácter el de esas dos hembras.

La de la cazadora de plástico que imitaba la piel de leopardo cruzó su mirada con la de Corbacho y luego se inclinó sobre la joven del jersey de angorina color lila y le susurró algo al oído. Corbacho y Pablo acabaron de comer o, quizá, simplemente, perdieron interés por la comida.

Convencido de que la tormenta había acabado, el camarero volvió para retirar prudentemente la vajilla de la mesa que ocupaban las mujeres, dejando sólo sobre ella las dos copas de licor, aún medio llenas, de las que estaban bebiendo.

¿Van a cerrar ya?, preguntó la del leopardo al camarero.

No se preocupen, pueden acabar la copa tranquilamente, le respondió éste.

Las mujeres volvieron a hablar reservadamente entre ellas y cuando vieron que Corbacho y Pablo pedían, de una vez, los cafés, las copas y la cuenta, la de la cazadora de plástico estampada como piel de leopardo preguntó en voz alta desde su mesa: ¿Viajan ustedes hacia el sur?

Bastó que Corbacho y Pablo asintieran con un gesto de cabeza para que ambas se pusieran en pie, agarraran las bolsas de nailon de chillones colores y preguntaran a la par: ¿Podemos viajar con ustedes?

No parecía que ninguno de los cuatro tuviera ya mucha prisa. El camarero, que aparentemente tampoco tenía otra cosa que hacer, fue dando, uno tras otro, media docena de viajes llevando rondas de cafés y copas hasta la mesa de Corbacho y Pablo, en la que se habían instalado las dos mujeres. Fue Corbacho el que mantuvo la conversación, hablando, naturalmente, de sus temas favoritos: él mismo y su trabajo en la radio. Leonor, que así se llamaba la del falso leopardo, e Isabel, la del jersey lila de angorina, parecían no conocer nada sobre el locutor ni sobre su programa, pero seguían el discurso de Corbacho como si tuvieran gran interés. Aprovechando los momentos en que Corbacho tomaba aliento, Leonor e Isabel contaron qué hacían en aquel restaurante especializado en cordero: estaban en paro y habían decidido viajar hacia el sur haciendo autostop para buscar fortuna o, en el peor de los casos, tomar el sol. A la salida de la ciudad les había recogido la pareja de hombres de gris, dos vendedores de seguros en viaje de trabajo. Todo había ido bien hasta que los hombres comenzaron a insinuarse, según expresión de Leonor.

Duele que a una la tomen por una cualquiera, concluyó con dudosa compunción Isabel, la del jersey de angorina lila.

Mientras Corbacho pedía una nueva ronda de copas, Pablo explicó a las mujeres que ellos se dirigían a Punta Paloma, aunque obvió decir que lo que pensaban hacer allí era tirar al mar las cenizas de su mujer, fallecida de cáncer un par de días antes. Leonor e Isabel no habían oído hablar de aquel lugar, pero se miraron entre ellas y compusieron un gesto de acuerdo. Ese nombre, Punta Paloma, les sonaba más bien a lugar desértico, a paraíso escondido, y no a esas ciudades de veraneo, llenas de torres, bares, restaurantes de paellas y tiendas de salvavidas de plástico y bronceadores en las que pensaban cuando pusieron con sus vidas rumbo al sur.

El alcohol terminó llenando la conversación de calor amistoso. Corbacho, eufórico, comenzó a hacer planes en nombre de todos: si se daban prisa, aún estaban a tiempo de tomar la siguiente copa frente al mar, viendo atardecer. Luego cenarían en un lugar que él conocía, decidirían entre todos qué hacer con el resto de la noche y aún tendrían tiempo de llegar al mediodía del día siguiente a Punta Paloma. No tenemos prisa, aseguró Corbacho dirigiéndose a Pablo como si reclamara su asentimiento.

Pablo y Corbacho pagaron la cuenta a medias y cogieron caballerosos las pesadas bolsas de nailon de las mujeres. Corbacho ofreció su brazo galante a Leonor tras pasar junto a la barra de bar que les separaba de la calle y, señalando con su mano izquierda la puerta, como si tras ella se escondiera un invisible y prometedor horizonte, anunció con voz sonora, seguro de que el mundo entero estaba interesado en sus planes: Vamos Al Sur.

Hubo un silencio tras el grito de Corbacho, como si se hubiera congelado el tiempo, como si los pies del locutor se hubieran fijado al suelo y le impidieran continuar el sugerente viaje que acababan de planear. En aquella plaza con árboles que Pablo había tomado por naranjos faltaba algo: alguien se había llevado el coche de Corbacho.

VIII

Un jilguero lograba hacerse oír sobre el ruido de los coches en aquella placeta de cemento hundida entre edificios altos en la que reinaba una cabina telefónica, gobernaba un grupo de siniestras palomas grises y donde, malamente, media docena de niños podía hacerse sitio para jugar. Lucía, que seguía abrazada con fuerza a su bolso de tela estampada, como si buscara en él calor y seguridad, ocupó el banco que había en el centro, olió el aire, catando en él algún recuerdo, y se vio premiada con un rayo de sol, que llegó a su cara atravesando un hueco entre dos edificios.

Notaba su piel más viva. Pasó su mano derecha por el basto mármol que cubría el banco y sintió que las yemas de los dedos disfrutaban del contacto con aquella superficie pétrea como si de un tejido vivo se tratara. Gozaba del tacto como cuando se prescinde de los guantes después de llevarlos muchas horas y llega a parecer sensual el contacto de la mano con las más ásperas materias. Sin dejar de apretar contra su pecho el bolso con la mano izquierda, pasó su otra mano abierta sobre una pierna, complaciéndose del contacto de la mano con el tejido de la falda, del roce de la falda con las medias y de las medias con la pierna.

Veía con nitidez los reflejos del cielo sobre el sucio charco junto al que se movían las palomas y comprobó que, con la misma claridad, era también capaz de distinguir sonidos en lo que hasta entonces le había parecido un único rumor sordo que venía del asfalto. La libertad podía ser eso: recuperar los sentidos dormidos por la medicación más que dejar atrás durante tres semanas los barrotes y la rígida rutina regida por el reloj.

Sobre los ruidos de los coches se abrían paso las voces de los niños, que no se rendían y trataban de ganar terreno para sus juegos en el espacio enseñoreado por las palomas. Lucía había pasado muchas mañanas al sol vigilando el juego de sus hijas en aquellos años en los que le resultaba menos agobiante ir al banco a sacar dinero, porque el director iba a la puerta a recibirla, pero en los que los días eran casi tan iguales los unos a los otros como lo eran los de ese mundo envuelto por barrotes del que acababa de salir con un permiso de tres semanas, después de cinco años de aceptar la disciplina sin rechistar y tomar los medicamentos sin remoloneo.

Notó una pequeña vibración en la muñeca de su mano derecha a la vez que un bip-bip se impuso sobre las voces de los niños que jugaban, el ruido de los coches y el gorjeo de las palomas. Llevar ese reloj con ella era como cargar con las rejas del sanatorio: cada seis horas, según había sido programado, sonaba la alarma para recordarle que debía tomar las medicinas, esas cápsulas que la dejaban sin sentidos y que, unas pocas horas antes, había hecho desaparecer por el desagüe del lavabo en su primer gesto de rebeldía en cinco años.

Tanta sumisión en ese tiempo tenía por fin su premio: disfrutar de una sensación de libertad que desconocía cuando era supuestamente libre, en aquellos años en los que los días eran tan iguales los unos a los otros que parecían formar una homogénea masa viscosa, sin color definido, sabor ni olor, que la iba envolviendo hasta asfixiarla. Una masa que estaba compuesta al comienzo por lo que pensaba era el cariño de su marido y de sus hijas, pero que empezó a ahogarla cuando empezó a sentir que los besos se iban convirtiendo en ventosas. La sensación de ahogo se le había ido haciendo real, física. El día en que por fin se dio cuenta de que los besos se habían transformado definitivamente en ventosas fue aquel en que se despertó en el balcón, en plena madrugada, intentando, con todas sus fuerzas, llenar de aire sus pulmones. A partir de entonces trató de ir abriendo pequeños huecos secretos en aquella masa viscosa, escondrijos menudos en los que ocultar partes de ella misma.

Un domingo, mientras su marido y sus hijas bajaban a la plaza y ella acababa de arreglar la casa, descubrió aquel programa de radio. Solía tener la radio encendida cuando trasteaba, hacía las camas, recogía la cocina o limpiaba los suelos, pero con ello no pretendía nada más que huir del silencio. Aquel domingo encontró el programa de Corbacho. Al principio, le hizo gracia y hasta sintió ofendido su pudor por aquella facilidad con la que la gente llamaba para contar sus secretos, el lado oscuro de sus vidas, y lo escuchó con la misma aparente aprensión con la que la gente hojea las revistas de cotilleo en la sala de espera del dentista. Semana a semana, terminó convirtiéndose en costumbre que su marido se adelantara con las niñas hasta la plaza y allí la esperaran mientras acababa de arreglar la casa. El sábado por la noche, ya lo tenía todo previsto para poder quedarse sola a las diez de la mañana del domingo: en la víspera, bañaba a las niñas y, antes de marcharse a la cama, ordenaba la bandeja del desayuno y disponía la ropa de toda la familia. Aquellas dos horas de la mañana del domingo terminaron convirtiéndose en su única ventana al mundo exterior, en el hueco a través del cual sacar la cabeza y respirar para evitar el ahogo de la masa viscosa. Eran dos horas en las que seres que estaban tan solos y se sentían tan asfixiados como Lucía aprovechaban para contar sus problemas o sus dudas, reales o inventadas, exactas o exageradas.

Al principio fue sólo curiosidad. Luego, comenzó a experimentar un gran bienestar por esas dos horas de libertad que sentía robar a su familia cada semana. Sólo más tarde fue poniendo su interés en Corbacho. Hasta entonces, la atención de Lucía se había fijado en las llamadas de los oyentes, pero terminó concentrándose en el locutor, en la serenidad, la paciencia y la condescendencia con la que oía a toda aquella gente que no tenía quién la escuchara.

Una mañana, por fin, se decidió a llamar. Hizo el trabajo de la casa rápidamente, sin muchos miramientos, y se sentó junto al teléfono, marcando una y otra vez. No tuvo suerte: la línea de la emisora de Corbacho estaba siempre ocupada. Durante media docena de domingos siguió probando suerte hasta que, por fin, un día oyó la señal de llamada, una metálica voz masculina que le decía un momento por favor, volvía luego a preguntarle su nombre y terminaba pidiéndole otro momento por favor. Después de tanta espera, la voz de Lucía se terminó quebrando cuando escuchó la de Corbacho, más cálida, pero también más gangosa por teléfono que a través de la radio, diciendo cuéntame, Lucía, qué quieres decirnos. Lucía no tenía previsto qué decir. Quizá buscaba tan sólo que alguien se ocupara de ella, le dijera precisamente eso: qué quieres decirnos. Ensayó un balbuceo, pero de su garganta no salió ningún sonido coherente: sólo un sollozo. Calma, Lucía, estamos aquí para escucharte, oyó de nuevo que decía

Corbacho, y Lucía, sorbiendo las lágrimas, fue diciendo lo mal que se sentía, cómo los besos de su marido y de sus hijas se habían ido transformando en ventosas, cómo se sentía ahogada. Lucía, respondió Corbacho, sabes que no estás sola, estoy yo, estamos todos. Esta frase sirvió de fórmula milagrosa y Lucía pasó del llanto al contento, un contento que se convirtió en euforia cuando, al final del programa, al invitar a los oyentes a volver con él el domingo siguiente, Corbacho, a manera de resumen, se refirió a varias de las llamadas del día y acabó: Lucía, no me olvides, no nos olvides, ya sabes que no estás sola o, más bien, debes saber que ya no estás sola, quiero, necesito, volver a escucharte y comprobar que no lloras; hasta siempre, Lucía.

Lucía sintió una excitación similar a la que provoca la hiperoxigenación o el enamoramiento. Al final, Corbacho no se había escudado en el plural, no había dicho como antes estamos todos o no nos olvides, sino que había hablado en primera persona: Quiero, necesito, volver a escucharte. Desde aquel momento ya no dejaría de pensar en Corbacho. Volvió a llamar al programa cada domingo, pero sólo tuvo suerte unas pocas veces y, en cada una de ellas, apenas pudo escuchar cómo Corbacho repetía una y otra vez las palabras del primer día, como si quisiera darle alguna pista con tanta reiteración. Luego, aparentaba tener prisa y se despedía de ella apresuradamente, como si algo o alguien le impidieran continuar. Un día el hombre de voz metálica que preguntaba siempre el nombre de la persona que llamaba cortó la comunicación sin llegar a decir eso de un momento por favor. Lucía siguió insistiendo y cada vez que lograba, con mucha dificultad, obtener una línea libre y conectar con el programa, el hombre de la voz metálica volvía a colgar el teléfono en cuanto escuchaba su nombre. Lucía escribió cartas, pero nunca obtuvo respuesta.

Una mañana de domingo volvió a ella la euforia: creyó interpretar que Corbacho le enviaba mensajes en clave, llegó a convencerse de que, cuando se dirigía a una supuesta oyente anónima y pronunciaba largos y dulzones discursos con los que, según decía él, trataba de exorcizar la soledad, Corbacho sólo se estaba dirigiendo a ella y que utilizaba este método porque no tenía otro. Las cartas de Lucía eran cada vez más encendidas y hasta desvergonzadas. Habían comenzado siendo cartas de agradecimiento, luego de amor y, finalmente, confesiones del deseo que sentía por Corbacho.

Obsesionada por el locutor, espigaba las páginas dedicadas a la radio y la televisión en periódicos y revistas buscando saber de él. Cuando encontraba algo, recortaba la página con todo cuidado y guardaba el recorte en una caja de hojalata que escondía al fondo de un cajón de la cómoda que había en el dormitorio conyugal. Coleccionó muy pocos recortes porque muy poco pudo encontrar. Los periódicos e incluso las revistas especializadas aparentaban tener escaso interés por aquel programa de las mañanas de los domingos. En una de las revistas encontró un pequeño recuadro en el que Corbacho decía querer luchar por su intimidad y que era por ello por lo que nunca se dejaba fotografiar, para que nadie lo reconociera; el pequeño artículo estaba ilustrado con el dibujo de la silueta del rostro de un hombre cubierta por un signo de interrogación. Un diario le llamaba el hombre que cura la soledad. En otro, Corbacho afirmaba, misterioso, que, cuando hablaba ante el micrófono no se dirigía indiscriminadamente a toda la audiencia sino que pensaba en una mujer, una mujer concreta, recalcaba para que quedara claro. Cuando leyó esto, Lucía tuvo que esconderse en el baño para ocultar las lágrimas. Había encontrado la evidencia que confirmaba sus sospechas. Era cierto que Corbacho le dirigía mensajes en clave. Era a ella a la que hablaba cuando, cada domingo, al comienzo del programa, anunciaba su llegada ordenando: Déjalo todo, ven hacia mí, nunca estarás sola mientras yo esté aquí. Luego, durante el programa, había otras frases que Lucía trataba de identificar como frases en clave. Para facilitar la interpretación, Lucía comenzó a grabar los programas y a repasarlos una y otra vez cada noche, valiéndose para ello de un walkman que había regalado por Navidad a sus hijas. Pero, por mucho que escuchara a Corbacho, Lucía seguía sin saber qué o quién impedía al locutor mencionarla por su nombre y darle una pista para hablar directamente con él sin tener que llamar a ese teléfono del que parecía haberse apoderado el hombre de la voz metálica. Lucía pensó acudir un domingo a la emisora, pero para ello necesitaba algo más de las dos horas de que disponía mientras su marido y sus hijas la esperaban en la plaza.

Buscó en la guía telefónica y allí estaba: Corbacho Gallardo, M. Tomó nota en un trozo de papel del número de teléfono y de la dirección y lo guardó en la misma caja de hojalata en la que escondía los recortes de periódicos. Según la guía telefónica, Corbacho vivía en un barrio cercano al de Lucía, un barrio sin ninguna gracia, de edificios altos y aceras invadidas por los coches. Una mañana, al salir hacia la compra, metió en su bolso un pañuelo de cabeza y unas gafas oscuras que se puso en cuanto se alejó lo suficiente de su casa. Le temblaban las piernas. Se sentía excitada a la vez por la posibilidad de encontrarse con Corbacho y por jugar a algo que le parecía prohibido, el hecho de enmascararse detrás de aquellas gafas y de aquel pañuelo ya tenía algo de pecaminoso, de morbosa travesura. Procuró mantener la mente en blanco y aceleró su paso hasta cansarse. Nunca había caminado a pie por el barrio en el que vivía Corbacho, todo lo más, lo había atravesado en coche o en autobús, pero lo que veía le resultaba familiar porque tenía la misma grisura que la que rodeaba su propia vida. Comenzó a contar sus pasos y apostó con ella misma que llegaría a su meta antes de llegar al cien. Repetía así un juego de la infancia que consistía en concederse el cumplimiento de un deseo si acertaba en su apuesta. Ni siquiera formuló el deseo, porque sólo tenía uno y hacia él dirigía sus pasos. Iba dando largas zancadas para darse ventaja en la apuesta. Cuando contó veintidós, había llegado a la calle en la que vivía Corbacho. Miró el portal más cercano y vio que le faltaban sólo dos portales más. Calculó mentalmente: tenía que dar un máximo de treinta y nueve pasos por cada portal para llegar antes de contar cien. Iba bien, pero también debía cruzar una calle y debía hacerlo sin detenerse para poder seguir dando largas zancadas. Decidió cruzar sin mirar. Escuchó el sonido de una bocina, luego los gritos de un hombre y finalmente un frenazo. Sólo quedaba un portal y ya contaba sesenta. En medio de la acera, dos mujeres cargadas con bolsas de un supermercado hablaban animadamente. Lucía decidió pasar entre ellas. El corazón le latía muy rápidamente, más por el esfuerzo que por la excitación. Ya tenía a la vista el portal de Corbacho cuando contó ochenta y cinco. Tenía margen de sobra. Decidió templar su paso cediendo al cansancio y evitando a la vez llamar la atención. Contaba noventa y ocho cuando puso el pie derecho sobre el escalón del portal de Corbacho, un portal de mármol rosa con puertas de aluminio gris, idéntico al de la casa de Lucía. Estaba satisfecha, había ganado su apuesta contra ella misma. Miró en el interior. Un hombre de barba muy cerrada leía el periódico tras el mostrador de la portería. Se dio ánimos y se atrevió a entrar. El ascensor estaba fuera de la vista del portero y llegó hasta él sin problemas. Reparó en que no sabía cuál era el piso en el que vivía Corbacho y decidió investigar mirando los buzones. M. Corbacho, pudo leer en uno de ellos, y, junto al nombre, un piso y un número de apartamento. Prudentemente, decidió no seguir adelante. Al salir, vio que el portero la miraba de reojo. Tuvo miedo. Pensó que podía ser alguien puesto allí por el hombre de la voz metálica para vigilar a Corbacho.

Aquella misma noche le escribió una nueva carta. Bandido, le decía, me has robado el alma y no hago otra cosa que pensar en ti. Hoy he estado en tu casa y he respirado el mismo aire que respiras. Quiero verte, saltar sobre los obstáculos con los que nos tratan de separar, abrazarte y que te hundas en mí, envolverme en tu saliva y en tu semen.

Cuando acabó la carta, la metió en un sobre y esta vez no puso la dirección de la emisora, sino la de la casa de Corbacho. Llamó varias veces al número de teléfono que venía en la guía, pero a las horas en que Lucía podía hacerlo, cuando estaba sola en casa, no había nadie en la de Corbacho. En la mañana de un día cualquiera se le ocurrió marcar el número que los domingos servía para participar en el programa de Corbacho. Esta vez no se puso el hombre de la voz metálica, sino una mujer. Ha salido a desayunar, dijo, y le ofreció un número de teléfono que dijo que era el de la cafetería de la emisora. Temblorosa, Lucía marcó ese número. Escuchó el pitido de una cafetera, ruido de vasos y platos y la voz desganada de un hombre que atendió el teléfono y dijo: Ahora mismo le pongo con él.

Soy yo, soy Lucía, necesito verte, saber por qué no contestas mis cartas, recitó de carrerilla Lucía en cuanto escuchó que al otro lado Corbacho decía: Dígame.

Hubo un silencio y, después, la misma voz, que Lucía encontró plana y apagada, sin los matices ni la profundidad de la de Corbacho, que tantas veces había escuchado, dijo: Perdón, no puedo atenderla. Y colgó. Volvió a llamar al número de la emisora otros días entre semana y esta vez la voz de la mujer ya no parecía amable y siempre respondía lo mismo, secamente, a la pregunta de Lucía: No sé dónde está Corbacho ni cuándo volverá; no se moleste en volver a llamar.

Lucía siguió enviando cartas cada vez más implorantes y más encendidas por el deseo a la casa de Corbacho, pero ninguna tenía respuesta. Si quería hablar con él, sólo le quedaba la posibilidad de intentar llamar a la casa de Corbacho de madrugada, cuando el marido y las hijas de Lucía estuviesen dormidos y Corbacho hubiera regresado ya del trabajo. Una noche se atrevió por fin. Cuando su casa estuvo en silencio, Lucía se deslizó hacia la salita y marcó el número de Corbacho. El timbre sonó cuatro veces al otro lado, luego Lucía oyó el ruido del auricular que golpeaba contra algo y la misma voz que había escuchado cuando llamó a la cafetería, una voz demasiado plana pero cuyo timbre se parecía algo al de Corbacho y que sonaba desde muy lejos y le decía: Dígame.

Soy yo, bandido, susurró Lucía.

Hubo un silencio y la misma voz plana que la imploraba: No me llame, no vuelva a llamarme más.

Lucía rompió a llorar.

El domingo siguiente, Lucía volvió a escuchar a Corbacho con su voz segura y profunda de siempre que le repetía: Déjalo todo, ven hacia mí, nunca estarás sola mientras yo esté aquí. Y Lucía volvió a llorar, esta vez de impotencia. Corbacho seguía pidiéndole que fuera hacia él, pero no tenía forma de hacerlo. Estaba claro que alguien, el hombre de la voz metálica, seguramente, trataba de separarlos por no se sabe qué oscuras razones. Ese hombre manejaba a Corbacho a su antojo; posiblemente, le estaría drogando. Sí, eso era. Eso explicaba la voz apagada y pobre de matices, impropia de Corbacho, cuando consiguió hablar con él en la cafetería y en su casa aquella madrugada.

La manera de llegar a Corbacho ocupaba la mente de Lucía día y noche. Perdió el sueño. Pasaba las noches en el balcón, tratando de huir del ahogo de la masa viscosa que sentía que se iba cerrando completamente sobre ella. Aprovechaba las madrugadas para escuchar una y otra vez las grabaciones del programa, tratando de buscar las pistas que, sin duda, Corbacho le enviaba para sugerirle el método para saltar todos los obstáculos y encontrarse con él, pero que Lucía no lograba descifrar.

Al comienzo, la búsqueda de Corbacho, con todas sus dificultades, resultaba para Lucía una excitante aventura que le provocaba euforia. Ahora, sólo le producía frustración. Entretanto, los sentimientos hacia su familia habían ido sufriendo una mutación similar. La asfixia no había desaparecido, pero ahora más que angustia e impotencia la asfixia le causaba irritación. Si hubiera sido consciente, Lucía habría sabido que su marido hacía ya meses que no hablaba con ella y que sus hijas la rehuían cuando su madre las buscaba para cumplir de mala gana con las rutinas de vestirlas, asearlas, peinarlas y alimentarlas. El amor es sacrificio, había escuchado repetir a Corbacho una y otra vez y ella insistía en los ritos cotidianos como si fueran la fórmula de expiación por anticipado que le permitirían encontrar el conjuro mágico que la conducirían hasta él.

Aun así, Lucía había ido limitando hasta lo imprescindible las tareas domésticas y dedicaba la mayor parte de su tiempo a descifrar posibles mensajes enviados secretamente por Corbacho para eludir el control del hombre de la voz metálica. Con gran paciencia, fue transcribiendo las grabaciones de los programas de radio y comenzó a jugar con las palabras, buscando lo que ellas podían ocultar. Trataba de construir frases coherentes con las iniciales de las palabras, con las primeras palabras que había tras cada pausa, intentando leer las palabras del revés o leyendo sólo una palabra sí y otra no. Así, su letra primorosa fue llenando cuaderno tras cuaderno.

Los secretos de Lucía eran cada vez más voluminosos. Ya no se trataba sólo del puñado de recortes de prensa que hablaban de Corbacho y que había ido ocultando en una caja de hojalata en el fondo de un cajón de la cómoda del dormitorio. Ahora, además de la caja de hojalata, había cintas y cuadernos con las transcripciones de los programas, y el walkman de sus hijas, que Lucía había escondido y guardado para sí. Tantos secretos casi llenaban ya dos cajones de la cómoda, apenas ocultos por unos cuantos calcetines y un par de toallas.

Aparte de la voz grabada de Corbacho, pocas voces más podía oír Lucía. Cada vez que se cruzaba con sus hijas o con su marido cesaban las conversaciones. Por no escuchar, ni siquiera escuchaba la respiración de su marido cargada por el sueño. Cuando regresaba a la cama después de continuar con sus pesquisas a la búsqueda de pistas ocultas, el silencio de la habitación la hacía sospechar que su marido fingía dormir. A pesar de ello, Lucía ponía el mismo sigilo a la hora de guardar sus cuadernos, sus cintas y el walkman en los cajones de la cómoda que ella creía secretos.

Había comenzado ya el verano, pero en la casa no se hacían planes para las vacaciones. El buen tiempo permitía a Lucía alargar sus sesiones nocturnas hasta casi el amanecer. La tarea de tratar de descubrir mensajes ocultos en aquellos cuadernos de letra apretada la excitaba lo suficiente como para privarla de las sensaciones de sueño y cansancio. Una noche muy calurosa de julio decidió, por primera vez, tomarse un descanso y rumiar un nuevo plan para descubrir las pistas dejadas por Corbacho, ya que ninguna de las técnicas que estaba utilizando parecía llevarla a ningún lado: ni con las iniciales de las palabras, ni con las primeras palabras que había tras cada pausa, ni leyendo las palabras del revés o una palabra sí y otra no, lograba formar ningún mensaje con sentido. Resolvió encarar el asunto con serenidad, tomar un vaso de agua fría, comer algo en la cocina y dejar su mente en blanco para facilitar la llegada de nuevas ideas. Dispuso un rincón en la mesa de la cocina con la misma minuciosidad que si fuera a dar un banquete. Extendió un mantel blanco y colocó sobre él un plato, unos cubiertos, una servilleta de lino y un vaso de agua helada. Como ágape, se regaló la manzana más verde y más brillante que encontró. Comenzó a mondar la manzana, pero el cuchillo se resistía; su filo no era lo suficientemente fino como para dar el corte preciso. Cogió del cajón un cuchillo de cocina muy afilado aunque algo tosco y, desde luego, no tan elegante como el que había dejado preparado sobre la mesa. La ruptura de la armonía provocada por el nuevo cuchillo enfurruñó a Lucía. No había tenido tiempo aún de comenzar a mondar de nuevo la manzana cuando escuchó un estrépito provocado por el choque de algo metálico contra el suelo. Se levantó de la silla con gran rapidez llevando la manzana en la mano izquierda y el cuchillo en la derecha. La estética de la mesa se acabó de descomponer: la servilleta de lino cayó al suelo. A través de la puerta abierta de la cocina vio una luz que se encendía en su dormitorio. Corrió buscando la luz, pisó la servilleta y estuvo a punto de resbalar. Tanta alteración de la calma que Lucía había tratado de construir para ordenar sus ideas terminó convirtiendo su enojo en cólera.

Al entrar en el dormitorio, se encontró con su marido agachado, recogiendo los recortes que sobresalían de la caja de hojalata, caída en el suelo. Sus ojos pasaron de la sorpresa al terror al descubrir el cuchillo que Lucía llevaba en la mano. Se habría tranquilizado si hubiera reparado en que, en la otra, llevaba una inocente manzana muy verde y muy brillante. Pero no tuvo tiempo. El marido lanzó un grito y es difícil saber qué fue antes: si el grito o la primera cuchillada. Lo seguro es que a la primera cuchillada siguieron otras muchas. La manzana cayó y fue dando botes hasta pararse en un rincón, en donde terminó tiñéndose de rojo. Luego aparecerían hombres de uniforme y otros con batas blancas y sonarían muchas sirenas. Pero antes de que llegara toda esta gente y se produjera todo el alboroto, aparecerían dos pares de ojos asustados y muy abiertos y el color rojo terminaría de invadirlo todo.

Hacía mucho tiempo de esto. Cinco años. Lucía iba recuperando los trozos de memoria que le faltaban a la vez que recobraba los sentidos anestesiados por la medicación mientras se premiaba en aquella placeta de cemento con el rayo de sol que le llegaba a la cara atravesando un hueco entre dos edificios, y recibía este premio con mejor fortuna que aquella madrugada en que decidió regalarse la manzana más verde y más brillante.

Lucía dejó de abrazar con fuerza el bolso de tela estampada y metió una mano en él, abriéndose paso entre el fajo de billetes para coger la tarjeta telefónica que había comprado en el mismo banco en el que consiguió el dinero. En cinco años habían cambiado pocas cosas: el comportamiento de sus pechos, el trato de los directores de banco, los obstáculos con los que habían llenado las calles y aquella tarjeta que acababa de descubrir y que sustituía a las monedas en las cabinas telefónicas. Sí, y, además, había otra novedad que más bien podría llamarse desgracia: Corbacho ya no recibía llamadas en el programa; sólo respondía a las que los oyentes dejaban en un contestador. Era realmente una desgracia, porque Lucía apenas tenía tres semanas antes de volver a encerrarse en el hospital y ése era todo el tiempo que le quedaba para poder dar con Corbacho.

Era imposible intentar acercarse a él yendo a buscarle a la radio y sólo podía comunicarse con el locutor a través de una cinta magnetofónica, porque algo no había cambiado en estos cinco años: el hombre de la voz metálica seguía controlándolo todo. Lucía lo había experimentado el día anterior a este día en el que se regalaba con un rayo de sol en la placeta de cemento hundida entre grandes edificios. Su primer domingo en libertad lo había celebrado escuchando el programa de Corbacho. En una pausa, mientras sonaban los anuncios, Lucía había probado suerte en el viejo teléfono de monedas que había en el pasillo de la pensión. Lo había hecho sin gran fe, marcando el número de la emisora que ninguna medicina había logrado hacerle olvidar en cinco años. Al primer intento, consiguió la señal de llamada y al otro lado escuchó al hombre de la voz metálica que, con malos modos, la informó de que no recibían mensajes durante el programa y recitó las siete cifras del contestador de Corbacho que Lucía ya conocía, las mismas cifras que marcó nada más salir del hospital para dejar un mensaje después de dos intentos frustrados: Corbacho, bandido, he vuelto.

Dispuesta a probar la novedad de la tarjeta telefónica, Lucía se abrió paso entre las palomas para llegar hasta la cabina que había en el centro de la placeta de cemento. Obedeciendo las instrucciones que daba la pantalla de cristal líquido del teléfono, introdujo la tarjeta y marcó el número del contestador de Corbacho. Esta vez no tuvo que repetir el intento; a la primera, con voz decidida, en cuanto escuchó el bip, dejó dicho: Bandido, ya puedo sentir otra vez y desearte, dime qué puedo hacer para verte.

IX

En el supuesto de que Corbacho fuera capaz de dudar, habría que pensar que dudó al ver que su coche no estaba en la plaza de los hipotéticos naranjos en la que lo había dejado aparcado antes de entrar con Pablo a comer en el restaurante especializado en asados. Era improbable que hubiera dos plazas iguales y con los mismos árboles junto al restaurante, por lo que de la ausencia del coche se podía deducir con certeza que había sido robado.

Leonor e Isabel no parecían tener prisas en su escapada al sur, o quizá se sintieron solidarias con Corbacho, porque ni intentaron marchar a buscar a otros que aceptaran a llevarlas en autostop. Algo mohíno, pero manteniendo el tipo, Corbacho encabezó la comitiva en búsqueda de una comisaría de policía en la que denunciar el robo. Procuraba conservar el aire jovial y aventurero que tenía al salir del restaurante y seguía llevando de una mano la bolsa de nailon de Leonor y de la otra el brazo de la propia Leonor, la mujer de la cazadora de plástico que imitaba el dibujo de la piel de leopardo. Algo más tímidos, y sin tantas confianzas, atrás marchaban Pablo e Isabel, la del jersey de angorina de color lila.

Quizá porque aquello estaba camino del sur, al igual que se suponía que debían de ser naranjos los árboles de la plaza, podía culparse a la siesta de la poca actividad que había en la comisaría de policía. El mismo agente que guardaba la puerta era el que atendía las denuncias en la mesa que había a la entrada. No pareció sorprenderse del robo y con alguna desgana fue tomando nota de los datos del coche y de su dueño, Corbacho. Las mujeres, por discreción o simplemente por aburrimiento, se hicieron a un lado y se pusieron a cuchichear y a hacer risitas señalando las malas caras que se veían en el cartel que mostraba a los terroristas más buscados.

¿Tenían algo de valor a la vista?, preguntó el guardia. No, respondió Corbacho. Pablo se agachó hacia el policía y agarró a Corbacho del brazo para que éste se inclinara también y pudiera oír lo que dijo en voz muy baja. El policía, que hasta entonces se había mostrado distante y con aires de curtido profesional, no pudo reprimir un rictus de sorpresa, luego miró a las mujeres, que seguían haciendo bromas a cuenta de los terroristas, y, por último, lució un gesto que era una mueca que sintetizaba prodigiosamente las de reprobación, asco y escándalo. Satisfecho con haber expresado gestualmente su opinión de lo que pensaba de un hombre que nada más acabar de incinerar a su esposa, abandonaba las cenizas en el asiento trasero de un coche y se iba de francachela, el guardia recuperó su más neutra expresión profesional y terminó dando su dictamen sobre el robo: Estas cosas pasan mucho, pero no se preocupen, que los ladrones no suelen ir muy lejos. Lo más probable es que el coche aparezca cerca del pueblo. Si no tienen prisas y dadas, hizo un silencio, las circunstancias, yo que ustedes me quedaría por aquí y volvería dentro de unas horas, o, si no, déjenme un número de teléfono al que poder llamarles y les llamaremos en cuanto tengamos noticias.

Corbacho recuperó la jovialidad, ya que, al fin y al cabo, no hay nada que más consuele que convertir lo que uno tenía por un drama personal en simple estadística, y ese milagro lo había hecho el policía al decir que lo que acababa de ocurrirle pasaba mucho y que los coches robados se recuperaban con rapidez. Además, el incidente podía ser un buen presagio, la excusa para el inicio de una buena aventura. Después de decirle al policía que no tenían teléfono en el que recibir recados, Corbacho prometió regresar a la comisaría en un par de horas. Vamos, niñas, dijo con decisión para despegar a Leonor e Isabel de los carteles que tanto parecían divertirlas, a la vez que tomaba con una mano la bolsa de nailon de la de la cazadora de leopardo y daba una palmada de ánimo a los hombros de Pablo y le lanzaba un guiño cómplice.

A esa hora, en aquel pueblo no parecía haber más actividad que la de un improvisado zoológico ambulante que estaba instalado en una especie de carpa y tenía un pequeño bar junto a la entrada. En una atmósfera agobiante, se exhibían arañas, reptiles, vacas enanas, perros saltarines y un acuario en el que dos tiburones con las mandíbulas cosidas con alambres daban vueltas con resignada lentitud, como si soñaran más con el formol que pronto habría de acogerles que con las aguas libres en las que alguna vez vivieron. El de aquel zoológico ambulante no era un bar elegante ni siquiera cómodo, pero sí parecía el sitio público más cercano a la comisaría de policía en el que dejar pasar un par de horas. Olía a bestias y los animales ponían también la música ambiental. El surtido de bebidas no era muy amplio ni parecía que de mucho crédito. Las únicas marcas reconocibles eran las de los refrescos y las de las patatas fritas, de las que había un surtido abundante a la espera quizá de la clientela infantil que estaba por llegar y de la que sólo se veía una pequeña avanzadilla compuesta por un par de hombres con aires de divorciados aburridos llevando de la mano cada uno a un par de niños.

Entre tanto saldo, Corbacho creyó encontrar un tesoro y, jugándose con ello el liderazgo que parecía querer mantener sobre el grupo, recomendó una botella de whisky que entrevió al fondo de la estantería del bar y en cuya etiqueta podía verse a un gaitero de piel muy morena y rasgos orientales vestido de escocés y tocado con un turbante.

Es raro y exquisito, aseguró con aplomo.

La joven gorda y de pelo grasiento negro que estaba al otro lado de la barra abrió el precinto de la botella con la misma ceremonia con la que un prestidigitador se remanga para asegurar a su audiencia la limpieza de su juego.

Las raciones que servía la camarera eran generosas. Tan generosas que pronto tuvo que abrir una segunda botella. A la joven gorda y de pelo grasiento no parecía preocuparla el derroche, como si dispusiera de una inacabable reserva de aquel bebedizo que Corbacho había calificado de raro y exquisito. La bebida avivaba la de por sí viva locuacidad de Corbacho. Las mujeres seguían su parlamento con risitas y miradas de complicidad entre ellas, mientras Pablo, muy pálido y apoyado en un extremo de la barra, parecía rendido a la verborrea del locutor y a los poderes del gaitero escocés del turbante.

La joven gorda y de pelo grasiento no era sólo generosa, sino también desinteresada, o puede que fuera una simple asalariada sin mayores estímulos, porque fue ella la que advirtió a Corbacho y a las dos mujeres del mal trance que el exceso de bebida estaba provocando en Pablo y les animó a salir a tomar un poco el aire al exterior o a algún otro lugar en el que hubiera un ambiente menos cargado que aquél, tan denso por las emanaciones y alborotos animales. La indisposición de Pablo despertó los instintos maternales de Leonor e Isabel, que encontraron en él un nuevo entretenimiento y una manera de escapar de la plática de Corbacho. Las dos mujeres ensayaron a pie de barra varios trucos caseros para impedir el desmayo de Pablo y, viendo que ninguno de ellos daba resultado, terminaron haciendo caso a la camarera e invitaron a Pablo a apoyarse en ellas para salir a la calle. Esta vez, Corbacho cerraba el cortejo cargando con las multicolores bolsas de nailon de Leonor e Isabel, resignado a perder protagonismo.

Las atenciones de las dos mujeres devolvieron a Pablo la placentera sensación que tenía desde la muerte de Adela: que el mundo entero estaba para mimarlo y llevarlo de un lado a otro sin pedirle opinión, pero, también, sin obligarle a pensar ni a elegir. Para disfrutar más de esta sensación, Pablo decidió cerrar los ojos y dejarse llevar. El aire de la calle no hizo ningún milagro en su estado y la mujer de la cazadora de plástico con estampado de pantera, que parecía la más experta o, al menos, la más autoritaria de las dos, señaló un lugar cercano como el más oportuno para el caso.

El lugar elegido por Leonor para la recuperación de Pablo era un sombrío vivero que, además de plantas, vendía todo tipo de artilugios y adornos de jardín. Leonor e Isabel sentaron a Pablo sobre un banco de piedra y se pusieron a abanicarle con las palmas de las manos, como si de este modo facilitaran su oxigenación.

Pablo, curioso, decidió abrir los ojos. Las fuentes de falsa piedra, las venus mancas alineadas a su izquierda, los discóbolos de su derecha y la multitud de gnomos de escayola policromada que le contemplaban inmóviles como si esperaran ansiosos su mejoría le parecieron un efecto más de los poderes del gaitero escocés del turbante. Resignado, cerró los ojos y entonces sintió que el mundo comenzaba a girar. Las dos mujeres advirtieron con gran instinto lo que iba a suceder, saltaron hacia atrás y empujaron a Corbacho para que hiciera lo mismo. La vomitona cubrió las dos primeras filas de gnomos y Pablo volvió a abrir los ojos admitiendo por fin lo real del decorado.

La de la cazadora de plástico con estampado de leopardo sacó un paquete de pañuelos de papel de una de las bolsas de nailon y logró restaurar la compostura indumentaria de Pablo, quien recuperó de inmediato su color nada más traspasar su desazón a los gnomos. Tras el paisaje de discóbolos, gnomos y venus mancas podía verse la puerta de la comisaría de policía. Desde allí, el guardia que había atendido la denuncia del robo del coche hacía señas agitando ambos brazos para llamar la atención del grupo. Cuando las mujeres comprobaron que Pablo podía andar por sus propios medios sin necesitar el sostén de nadie, caminaron hacia el policía.

Tengo buenas noticias, dijo el guardia con sequedad, como si pensara que aquella gente no se mereciera las buenas nuevas. El coche ha aparecido cerca de aquí, añadió. Las mujeres recuperaron el buen humor y volvieron a sus risitas, interrumpidas solidariamente durante la indisposición de Pablo. El policía cerró la comisaría con una llave que sacó de su bolsillo y les invitó a montar en lo que debía de ser su propio coche, un utilitario sin distintivos policiales y con las fotos de unos niños sonrientes adheridas al salpicadero.

El coche de Corbacho estaba en un descampado junto a la carretera de salida del pueblo. Tenía las puertas abiertas.

Los compañeros que lo han descubierto me han dicho por radio que no parece faltar nada, echen un vistazo y, si creen que está todo en orden, firmen este papel, quédense con la copia y pueden continuar viaje, dijo el policía mientras tendía un papel a Corbacho.

Pablo recogió la chaqueta que había dejado en el asiento trasero y que los ladrones habían arrojado al suelo tras comprobar que no contenía nada de su interés. Precavido, Corbacho quiso comprobar antes de firmar el papel que todo estaba en su sitio y abrió el maletero. El equipaje de ambos hombres había sido abierto, pero estaba completamente ordenado, como si ni siquiera hubieran revuelto en él. En un rincón estaba la gruesa libreta negra. Pablo la cogió y pasó la mano sobre ella, como si la acariciara o pretendiera reconocerla por el tacto.

Con gesto severo, el guardia señaló el asiento trasero. El recipiente cilíndrico había sido extraído de su estuche de plástico. Poco cuidadosos, los ladrones lo habían forzado, rompiendo la cremallera en vez de abrirla, y luego habían destapado el envase para indagar sobre su contenido dispersando las cenizas por todo el asiento. Pablo se aplicó a la tarea de rellenar el cilindro con las cenizas esparcidas utilizando como único instrumento sus propias manos. Corbacho lo miraba con una expresión que era una mezcla de asco y enojo. Las mujeres no entendían muy bien de qué se trataba y fueron a preguntárselo a Corbacho, quien, en voz muy baja, inició una explicación. No tuvo tiempo de dar muchos detalles. Las dos mujeres lanzaron un grito y fueron a refugiarse a los flancos del guardia.

X

Corbacho Gallardo Manuel. Estas tres palabras fueron el trofeo que Lucía consiguió después de un buen rato de luchar contra las páginas del tomo de la guía telefónica que alguien muy desconfiado había dejado prendido de una cadena junto al teléfono de monedas del pasillo de la pensión.

Había sido una intensa batalla. Primero contra el orden alfabético, que parecía escondido en algún rincón todavía dormido del cerebro de Lucía. Luego contra aquellas letras tan apretadas que saltaban en sus ojos desordenadamente. Pero, por fin, estaban allí las tres palabras buscadas y junto a ellas el mismo número de siete cifras que Lucía acababa de marcar para dejar su mensaje: Bandido, ya puedo sentir otra vez y desearte, dime qué puedo hacer para verte. Y, junto a las tres palabras y las siete cifras, una palabra y un número más, Olmos 16, que debían de ser la nueva dirección de Corbacho.

Recuperado el orden alfabético, Lucía debía despertar otro trozo de su alma para reencontrarse con la caligrafía, reconquistar aquellas letras tan perfectas que llenaron decenas de cuadernos con la transcripción de las palabras de Corbacho, cuando trataba de buscar en ellas un mensaje oculto.

De vuelta a su habitación, sentada sobre la cama y apoyándose en la mesita de noche, escribió con un trazo que pretendía ser firme tres palabras sobre una hoja de papel, Te deseo bandido, y fue repitiéndolas hasta que llenó con ellas la hoja y recuperó la caligrafía con la misma alegría con la que había reconquistado los sentidos y el orden alfabético.

Cuando la hoja estuvo llena, comenzó otra. Bandido, salgo de mi largo sueño y me encuentro otra vez con tu voz, comenzó a escribir Lucía, con la esperanza de que este mensaje de náufraga tuviera más suerte que todos los enviados cinco años atrás, sorteara al hombre de la voz metálica, llegara hasta Corbacho en aquella nueva dirección, Olmos 16, y volviera hacia ella con una respuesta.

XI

Pablo se despertó con el cilindro de las cenizas en las manos. Tardó algún tiempo en recordar dónde estaba y qué hacía allí. Estaba en el asiento delantero del coche de Corbacho. A su izquierda, roncaba mansamente el propio Corbacho, al que no habían despertado aún las primeras luces del día. La segunda de sus dudas, qué hacía allí, quedó desvelada al ver el cilindro, que había mantenido agarrado durante todo el sueño, como si quisiera desprenderse así de la mala conciencia que le produjo el habérselo encontrado profanado al final de su aventura etílica en el zoológico ambulante.

Habían viajado durante buena parte de la noche y frente a ellos estaba el mar y las dunas de Punta Paloma, y, más allá, las costas de África, tan sólo presentidas y ocultas por la banda de bruma que cubría el horizonte y difuminaba los límites entre el mar y el cielo. Aquélla era la meta del viaje que Adela había previsto que fuera su último trayecto. En aquellas playas había vivido su niñez. Unos años soñados, pero con los que parecía tener cuentas por ajustar. Atrapados en la ciudad, Adela habló muchas veces a Pablo de la sensación de libertad que le producía el recuerdo de Punta Paloma, pero nunca le llevó hasta allí. Que Pablo recordara, desde que se conocieron, Adela tampoco había vuelto, ni siquiera sola, a los escenarios de su infancia. Las relaciones de Adela con su familia eran frías y a Pablo se le hacía difícil entender cómo podía hacer compatible la nostalgia de la infancia con el desarraigo. Él mismo se consideraba también un desarraigado, pero no tenía, o no creía tener, ninguna nostalgia. Adela, sin embargo, había previsto toda una ceremonia fúnebre para encontrarse con sus orígenes, y lo había hecho en secreto, o, al menos, en secreto para Pablo, previendo detalles como esa especie de comunión, un tanto cómica, que esperaba que celebraran comiendo un pastel que haría revivir en Pablo y

Corbacho los sabores de su infancia en aquel lugar.

Corbacho se despertó, bajó la ventanilla, aspiró profundamente el aire del mar, salió fuera del coche y orinó generosamente sobre la duna más cercana. Luego, utilizando su mano derecha como visera, trazo una panorámica que terminaba en unas pequeñas casas blancas situadas a unos doscientos metros a la derecha del coche. Ahora toca comer algo, ordenó, más que propuso.

Cerraron con cuidado el coche y Pablo llevó consigo, debajo del brazo, el cilindro de las cenizas. Corbacho había recuperado su jovialidad, y Pablo, en cambio, había caído en un abatimiento que podía deberse a causas muy distintas: al fúnebre origen del viaje, la resaca, el despertar sin ducha o a la incomodidad de andar por las dunas con la arena colándose entre los calcetines y los zapatos. Corbacho tomó tanta ventaja que, cuando Pablo le alcanzó, ya estaba sentado en una mesa a la puerta de un bar y untaba una espesa manteca roja de cerdo sobre una rebanada de pan. Un camarero somnoliento le llevó un café caliente a la mesa y Corbacho, que parecía haber olvidado las razones del viaje, suspiró diciendo solemne: Esto Es Vida. Pablo no parecía dispuesto a desafiar a su estómago, doliente aún por el recuerdo del gaitero escocés del turbante, y pidió una coca-cola.

La coca-cola tuvo con Pablo el mismo poder revitalizador que la manteca roja provocó en Corbacho. Ya estaban bien despiertos. Ahora faltaba encarar el asunto que les había llevado hasta allí: lanzar al mar las cenizas de Adela, o, mejor, lo que quedaba de las cenizas de Adela. El viento de levante soplaba cada vez con más fuerza y, a una velocidad que parecía inexplicable, el mar se había ido llenando de windsurfistas. Cuando Corbacho comenzó a untar el pan con la manteca de cerdo había apenas media docena y ahora, cuando el camarero le traía el segundo café, la banda de bruma que ocultaba el horizonte ya estaba, a su vez, casi completamente cubierta por las velas multicolores.

Entre tanto traje de neopreno en tonos chillones, tanto músculo juvenil y tantas pieles bronceadas, la palidez urbana y las vestimentas tristes y arrugadas de Pablo y Corbacho se hacían notar. Y aún se notarían más cuando el sol fuera subiendo hacia el mediodía lanzando una luz más rabiosa, cruel y despiadadamente sincera. Lo sensato era darse prisa. Corbacho dividió entre dos la cuenta que le había traído el camarero, apenas un trozo de papel en el que estaban garabateados unos números, dejó unas monedas e invitó a Pablo a hacer lo propio.

Los dos hombres fueron avanzando por la arena hacia la orilla del mar. Se sentían ridículos, a pesar de que nadie parecía reparar en ellos. Los windsurfistas más tardíos, los que aún no estaban en el agua, tenían bastante con poner orden a toda prisa en sus aparejos. Va a haber que entrar en el agua, dijo Pablo al llegar a la orilla y comprobar que el viento amenazaba con convertir en imposible la tarea de lanzar las cenizas desde la arena al mar.

Arrojar las cenizas al mar le había parecido a Pablo un gesto fácil, y hasta romántico, cuando recibió el encargo póstumo que Adela le había dejado por escrito. Visto a pie de obra, el recado era bastante complicado y hasta algo diabólico. Para empezar, Punta Paloma, a pesar de su nombre y de su situación en el mapa, no tenía nada de desértico, y la ceremonia iba a tener bastantes más testigos de lo que sería adecuado para poderla considerar íntima.

Pablo sospechó por un instante del silencioso humor de Adela, culpándolo de la autoría de un plan para convertir su despedida del mundo en una charlotada, pero pronto se sacudió la sospecha con la mala conciencia que produce pensar mal de los difuntos.

Al margen de las intenciones, la ceremonia era muy complicada, si se quería hacer sin perder las formas. Incluso si no hubiera soplado de forma tan rabiosa el viento de levante, lanzar desde la orilla las cenizas al mar hubiera resultado imposible, porque la mayor parte habría terminado cayendo en la arena húmeda, formando pegotones de barro. Para cumplir con los deseos de Adela, los dos hombres estaban obligados a entrar en el agua, abriéndose paso entre los windsurfistas, y allí dejar que las cenizas volaran libremente con la completa certeza de que, volaran hacia donde volaran, terminarían en el mar.

A esta conclusión llegaron unánimemente Pablo y Corbacho después de estudiar sucintamente la situación. Para cumplir con los últimos deseos de Adela, los dos hombres fueron poniendo todas sus palideces al sol, en medio de aquel trajín de adoradores del viento. Tanta dificultad, y especialmente la desnudez de Pablo y Corbacho, fueron dándole a la ceremonia un aire de rito organizado y con sentido, porque no hay rito que suscite respeto que sea fácil de ejecutar y no exija sacrificios, y la despedida de Adela estaba resultando lo suficientemente trabajosa y hasta tenía algo de ceremonia penitencial para los que la celebraban.

Ya desnudos, fueron entrando juntos en el mar, agarrando entre ambos el cilindro, como si pretendieran con este gesto innecesario dar más pompa al momento. Cuando el agua les llegó a la cintura, Pablo se hizo con el recipiente, lo abrió, esperó que las cercanías se despejaran de windsurfistas y cuando le pareció que Corbacho y él se encontraban en el mayor grado de intimidad que se podía conseguir en ese lugar, sacudió el frasco sobre su cabeza.

Los dos hombres cerraron los ojos y dejaron de respirar para evitar albergar involuntariamente en sus cuerpos algún resto de Adela. Luego se sumergieron para despegar de la piel las cenizas que habían quedado adheridas y Pablo, meticuloso, enjuagó varias veces el cilindro hasta comprobar que estaba completamente limpio.

Pablo ignoraba qué había que hacer con el cilindro y volvió con él a la orilla. El viento secó con rapidez las pieles de los dos hombres, que habían permanecido en silencio durante toda la ceremonia. Faltaba por cumplir aún el segundo de los deseos póstumos de Adela. Para ello, tenían que vestirse, volver al coche y hacer unos cuantos kilómetros hasta el pueblo.

La pastelería estaba aún cerrada cuando los dos hombres llegaron a la plaza. Enfrente, dos camareros muy jóvenes comenzaban a instalar los veladores en la terraza de un café. Aunque ya estuviera vacío de su fúnebre contenido, Pablo no había querido dejar esta vez el cilindro en el coche, y, como no sabía qué hacer, iba jugueteando con él. Los dos hombres marcharon callejeando cuesta abajo, camino del mar. La calle acababa directamente sobre un pretil que luego se ensanchaba y se convertía en el pantalán al que estaba amarrada una embarcación destartalada pero con líneas que, en su momento, habían pretendido ser aerodinámicas. Junto a ella, una garita de madera anunciaba la venta de billetes para Tánger, y una caseta de ladrillo, cristal y aluminio con flamantes rótulos de plástico servía de control de policía y aduanas.

Había poco más de un centenar de personas esperando para embarcar, aunque no parecía que la solidez de la nave pudiera aguantar muchas más. Los candidatos a pasajeros se dividían en tres grupos que parecían querer ignorarse, y puede que hasta lo lograran, a pesar de lo estrecho del muelle. Uno estaba compuesto por jóvenes que llevaban mochilas y estaban sentados en el suelo con aire de excitada felicidad. Los del segundo grupo eran sólo hombres, vestían con traje y corbata y llevaban un equipaje muy ligero, apenas un maletín, casi siempre de falso cuero, como si pensaran ir a su destino y volver en el mismo día. Por último, una treintena de hombres y mujeres vestidos con chilabas arrastraban grandes fardos atados con cuerdas que manejaban con soltura a pesar de lo engorroso de sus formas y tamaños.

No había ningún bar, ni quiosco de periódicos, ni máquina de bebidas en la que malgastar el tiempo y algo de dinero, pero sí un poste con dos teléfonos públicos antiguos, de monedas, junto a la marquesina que servía de parada a los autobuses que tenían allí fin de trayecto. Sólo uno de los teléfonos, situado a menor altura y reservado a inválidos, parecía funcionar. El otro lucía unos cables al aire que daban escasa confianza.

Corbacho se sintió en la obligación de dar explicaciones a Pablo sobre lo que pensaba hacer: Voy a llamar a casa, a ver qué hay de nuevo en el contestador del programa, dijo.

Corbacho se inclinó sobre el teléfono de inválidos y marcó nueve cifras, esperó a la contestación y marcó cuatro cifras más a modo de clave. Pablo no pudo evitar fijarse en ellas. Era inevitable: Corbacho había apretado cuatro veces la tecla número cuatro para poder escuchar los recados que habían ido dejando en su contestador. No debían de ser muchos, porque tardó poco tiempo en volver a colgar. Pero, aunque escasos, alguno de los mensajes sí había dejado huella en Corbacho, nublándole la jovialidad recuperada con el desayuno. El locutor chasqueó la lengua y se lamentó: Otra vez esa mujer.

Los pasajeros formaron una disciplinada cola frente a la escala, mezclándose por un momento los tres grupos. El embarque fue muy rápido y pronto la nave puso rumbo al horizonte del que se había desvanecido la banda de bruma que ocultaba la costa de África. Pablo se quedó embobado mirando cómo el barco se iba empequeñeciendo según avanzaba en el estrecho hasta que Corbacho le devolvió de su ensueño y le ordenó: Vamos, que ya habrán abierto la pastelería. Pablo obedeció y fue marchando en silencio detrás del locutor dándose rítmicos golpecitos en una pierna con el cilindro vacío.

Que las puertas de la pastelería estaban ya abiertas era algo que se adivinaba antes de que se pudiera ver la fachada del establecimiento. Una placentera mezcla de olores a pan tierno, arropes y almíbares había despertado la plaza, por la que ya pasaba gente y en la que cantaban los mirlos. Una señora canosa, pulcra y encogida atendía el negocio. Fue Corbacho, de nuevo, el que dio las órdenes: Dos tocinos de cielo con nata.

Con pasitos muy cortos, la señora desapareció en el obrador y volvió un buen rato después con dos grandes pasteles dorados cubiertos de abundante crema blanca que envolvió con mimo. Esta vez, Corbacho no dividió la cuenta entre dos, sino que la pagó por entero.

Pablo y Corbacho cruzaron la plaza gemelamente cargados con los elementos del rito. Pablo con el cilindro vacío de cenizas y Corbacho con el paquete de pasteles que les iba a servir para celebrar la extraña y póstuma comunión con Adela. El café tenía en las paredes grandes espejos con el azogue torturado por el tiempo y la humedad, y tres ventiladores en el techo, ahora quietos en el aire nuevo de la mañana reponiéndose de una larga noche de humo. Junto a la mesa en la que se sentaron Pablo y Corbacho había un tablón de corcho en el que los windsurfistas iban dejando sus mensajes: tablas que se compraban o vendían, coches que se querían compartir en el regreso a casa, crípticas hojas llenas de cifras que recogían las estadísticas de la velocidad del viento en el estrecho.

La pastelera había envuelto el paquete como si tuviera que ser llevado al fin del mundo y necesitara resistir un largo y penoso traslado. Tanta minuciosidad en el empaquetado obligó a Corbacho a aplicarse prolijamente para lograr desenvolver los dulces, dando a su acción involuntarios aires ceremoniosos. Aún no había acabado Corbacho su tarea cuando apareció un camarero. El locutor pidió un café y Pablo otra coca-cola.

Corbacho había amanecido hambriento y este último rito ordenado por Adela no iba a suponerle un sacrificio. Pablo, sin embargo, miraba con algún reparo la bandeja. El camarero apareció con las bebidas y Corbacho comenzó a atacar su ración lentamente pero con decisión, valiéndose del auxilio de la cucharilla del café. Pablo, que no tenía cubierto con el que ayudarse y sí, aparentemente, muchas ganas de acabar con la ceremonia, agarró el dulce con la mano y comenzó a devorarlo, dándolo por terminado cuando Corbacho apenas iba por la mitad del suyo y bebiéndose de un trago la coca-cola sin hacer uso del vaso.

Acabado el rito, Pablo recuperó de pronto la palidez que ya le había atacado la tarde anterior en el zoológico ambulante, compuso una mueca de asco, se tapó la boca con una mano, miró dónde podía encontrarse la puerta del baño y desapareció corriendo tras ella. El camarero, que había seguido al detalle las tribulaciones de Pablo, se apresuró a dejar la cuenta sobre la mesa sin que nadie se la hubiera pedido.

Pablo y Corbacho salieron a tomar el aire a la plaza y se sentaron en un banco que había junto al lugar en el que estaba aparcado el coche. He dejado a medias las dos últimas voluntades de Adela, se lamentó Pablo; al mar no han llegado ni la mitad de las cenizas y he vomitado el pastel.

No estaba claro si, con esta frase, Pablo mostraba contrición o era tan sólo una muestra de fúnebre humor, producto del júbilo que sentía por haber finalizado ya la ceremonia de duelo de Adela que, con la presumible intención de ser simple, había resultado larga y engorrosa. Como si se sintiera obligado a hacer un panegírico fúnebre con el que clausurar el duelo, Pablo inició un breve discurso: Es curioso lo poco que sé sobre Adela. A veces me habló de su infancia, pero lo hizo pocas veces, como si le diera poca importancia a ese momento de su vida, y, curiosamente, como despedida, nos ha hecho venir hasta aquí y comer el pastel favorito de su niñez. Estuvimos muchos años juntos, pero creo que hablamos poco. Especialmente, en los últimos meses. Fueron meses de los que sólo recuerdo el silencio. Creo que los dos teníamos miedo a descubrir en el otro la confirmación de lo que sabíamos, que estaba muy enferma y que le quedaba muy poco de vida. Pero, fíjate, lo tenía todo previsto, hasta el último detalle. Había previsto que Estrella y tú os ocuparais de todo, dejó dicho por escrito qué quería que hiciéramos y hasta pensó en los detalles de su despedida del mundo, de este rito que he dejado hecho a medias. Espero que me perdone. Ya estaba resignada a mi torpeza. Lo que siento es haber sido tan cobarde. Debería haber hablado con ella de su enfermedad, pero preferí creer lo imposible, que ella no sabía nada, que el médico nada le había dicho.

Pablo hizo un silencio y, para subrayar el final de su discurso, comenzó a tamborilear con los dedos sobre el cilindro vacío.

Sí, lo sabía, sabía que le quedaba muy poco de vida, respondió Corbacho, pero quería protegerte de su dolor, eso decía. Yo sí hablé mucho con ella en las últimas semanas. Y Estrella también. Cuando por la tarde te ibas al trabajo, Estrella solía visitarla. Tenía necesidad de contar su vida y sus temores, o quizá, más bien, de presumir, de alardear de su serenidad. Yo también hablé mucho con ella. Los días que no iba a visitarla Estrella, Adela venía a verme a casa. Te quería y quería protegerte. Hacía muchas bromas. Me voy a morir y aún no ha estrenado el mejor regalo que le he hecho, decía burlándose de ti, de tu pereza, de tu indecisión a la hora de comenzar a usar la libreta que te regaló para que escribieras en ella tu primera novela. A mí sí me habló mucho de su infancia. Esta plaza, sabes, es donde ella jugaba de niña. Su padre era una especie de farero distinguido, un funcionario que contaba los barcos que pasaban por el estrecho o algo así. Es cierto lo que dices de su desarraigo, pero ese trozo de mar significaba mucho en su vida. Nunca lo cruzó. Era un sueño fácil de cumplir, pero nunca lo hizo, quizá porque prefería conservar el deseo, la idea de la aventura, y si lo hubiese cruzado se habría dado cuenta de que no era para tanto, de que ese trozo de mar no esconde ningún misterio, sino sólo un gran pedazo de tierra al otro lado, más pobre que éste, pero nada más que un pedazo de tierra. Por eso se empeñó en que lanzáramos sus cenizas aquí y que comiéramos ese pastel que tú has vomitado, para que, así me lo dijo, nos contagiáramos con él de sus sueños de infancia.

Pablo no sólo estaba conociendo detalles que ignoraba sobre Adela, sino que, además, se estaba encontrando con un Corbacho nuevo. Su habla nada tenía que ver con esa forzada jovialidad de la que Corbacho alardeaba desde una de las primeras veces que se vieron, cuando apareció en su apartamento para pedir unas cerillas y Pablo le hizo confidente de la grave enfermedad de Adela. Este Corbacho que conocía con detalle historias de la infancia de Adela que Pablo ignoraba, tampoco era el Corbacho que hablaba con tono severo y una voz falsamente grave, que a él, probablemente, le hubiera gustado que describiesen como aterciopelada, ni tenía ese leve acento meridional, que lucía cuando hablaba delante del micrófono. Este nuevo Corbacho tenía aún alguna sorpresa más.

La amé, nos amamos; es necesario que lo sepas, creo que debes saberlo, dijo Corbacho utilizando ahora el tono severo, la voz grave y el acento sureño que parecía reservarse para hablar de amores ajenos en la radio.

Pablo sintió vergüenza. No odio ni rencor. Tuvo que hacer un gran esfuerzo para decir: Dame mi equipaje, quiero volver por mi cuenta.

No fue una venganza, o al menos eso debió de creer Pablo, pero, al verse con las dos manos ocupadas, la una con el maletín y la otra con el cilindro vacío, arrojó el cilindro a la primera papelera que encontró en su camino cuesta abajo, en busca de la parada de autobuses que había junto al embarcadero.

utilizando ahora el tono sentimental, la voz grave y el acento suave que parecía reservarse para hablar de amores ajenos en la radio.

Pablo sintió vergüenza. No odio ni rencor. Tuvo que hacer un último esfuerzo para decir:

—Dame mi equipaje. Quiero volver por mi cuenta.

No fue una venganza, o al menos eso debió de creer Pablo, pero, al verse con las dos manos ocupadas, la una con el maletín y la otra con el cilindro vacío, arrojó el cilindro a la primera papelera que encontró en su camino cuesta abajo, en busca de la parada de autobuses que había de llevarle al embarcadero.

XII

Dispuesto a completar el rompecabezas en que el recuerdo de Adela se estaba convirtiendo, Pablo telefoneó a Estrella en cuanto llegó a su casa, con el cuerpo arrugado por el largo viaje en autobús. Estrella apareció de inmediato, como si esperara la llamada y la moviera más la obediencia que la amistad o el deseo. Entró con dos bolsas de plástico con bandejas de comidas preparadas que metió en la nevera. Pablo comenzó a interrogarla suavemente con la pretensión de seguir desvelando los misterios de Adela, pero no obtuvo más que monosílabos. En el par de horas que permaneció en la casa, Estrella apenas pronunció una frase entera, y, cuando lo hizo, fue como si recitara de memoria un telegrama: Adela quería que cuidara de ti, que te animara a escribir.

Esta frase y las bandejas de comida de la nevera fueron el único rastro que dejó. Ni una huella sobre el colchón, ni un olor en la almohada, ni siquiera el recuerdo de su rostro en la memoria de Pablo, que, otra vez, fracasó al intentar fijar en su imaginación la imagen de Estrella.

Al recoger el equipaje que Pablo había usado en su fugaz viaje al sur, Estrella dejó muy a la vista, sobre la mesa de la salita, la gruesa libreta negra, cumpliendo con este gesto el encargo de Adela de animar a Pablo a que comenzara la novela siempre aplazada. Pablo, obediente, abrió la libreta en cuanto se quedó solo y se sentó frente la mesa. Aquella libreta le había acompañado en todos sus viajes y nunca había dejado de tenerla a mano, pero apenas recordaba haberla abierto, quizá porque le avergonzaba el vacío de las páginas sólo ocupadas por el rayado horizontal gris que invitaba a trazar líneas ordenadas, a esmerar la caligrafía. No era una libreta que permitiera anotaciones desordenadas, apuntes improvisados, sino frases bien pensadas, definitivas, escritas sin márgenes previsores a la espera de la llegada de las correcciones. Pablo pellizcó con los dedos índice y pulgar la esquina superior derecha de las páginas y las dejó correr. Luego abrió la libreta por la primera hoja y pasó la mano sobre ella, planchándola, venciendo la resistencia de la encuadernación como si la preparase para escribir sobre ella. Cogió un bolígrafo, pero no cedió a la tentación y cerró la libreta sin escribir nada.

La libreta quedó ya en el centro de la mesa como si ése fuera su destino definitivo, en vez de ocupar su lugar en el modesto rincón del cajón de la cómoda del dormitorio en el que había estado hasta entonces. Acostumbrado, o, más bien, resignado, a su presencia, la libreta dejó de ser un recordatorio o un reproche a la pereza de Pablo.

La silenciosa Estrella siguió acudiendo al apartamento llevando vituallas y consuelo. Después de dejar las bolsas en la cocina pasaba junto a la mesa y abría la libreta para comprobar si Pablo había hecho sus deberes. Al observar la libreta vacía miraba a Pablo con una expresión que podía pensarse era de censura, pero que no acompañaba nunca con palabras.

Fue después de una de las primeras visitas de Estrella cuando llegó aquella carta en el coqueto y perfumado sobre cuadrado que no traía en el remite nada más que aquel nombre, Lucía Aguirre, escrito en tinta azul celeste con letra redonda y abultada.

Lo primero que pudo leer al abrir el sobre fue la despedida, te sigo deseando, y la palabra Lucía subrayada con una simple rúbrica que consistía en una raya ascendente. Su sentimiento inmediato fue de culpabilidad, por haber olvidado a aquella mujer que tanto deseo le confesaba. Algo se despertó en la memoria de Pablo cuando vio que, en el encabezamiento de la carta, le llamaba bandido, pero su confusión aumentó aún más cuando siguió leyendo que aquella mujer le decía que acababa de salir de un largo sueño y le anunciaba que iba en su busca.

Cuando comprendió que aquella carta no iba dirigida a él, sino al locutor, los recuerdos terminaron por ordenarse y le vino a la memoria la historia de la mujer que perseguía a Corbacho y le llamaba bandido, un asunto en el que había mucha sangre y bastante miedo, tanto como para obligar a Corbacho a cambiar de domicilio años atrás, convirtiéndolo en vecino de Pablo y Adela.

Pablo no había vuelto a ver a Corbacho después de que el locutor le confesara su historia de amor con Adela. La carta llegada por error excitó a Pablo. Desde que regresó del sur, no había visto a nadie más que a Estrella y pasaba las horas sin hacer nada, sentado en un rincón de la salita, alimentando los remordimientos que le producían la inactividad y la falta de decisión para atreverse a abrir de una vez la libreta negra y comenzar a escribir. En varios días, no había escuchado otra voz humana que la de Estrella y siempre pronunciando monosílabos. La llegada de la carta de la mujer que llamaba bandido a Corbacho rompía la monotonía y, a la vez, daba a Pablo algún poder sobre el locutor, le hacía adueñarse de parte de su vida, le hacía partícipe de sus secretos y abría, por tanto, una posibilidad de venganza.

Pablo miró en el listín telefónico. En el tácito reparto de las funciones conyugales, le correspondía a Adela el mantenimiento y puesta al día de este listín, un manoseado cuaderno azul celeste que estaba siempre al lado del teléfono y en el que iba anotando todos los números de interés. Primero miró la página que correspondía a la letra C y allí no aparecía el apellido Corbacho.

Nunca el alfabeto pudo tener más importancia en la vida de Pablo. De que estuviese en la C de Corbacho o en la M de Manuel, o, lo que era peor, en la M de Manolo, dependía dar por buena la confesión que el locutor le había hecho la última vez que se vieron.

En la M no había ningún Manuel Corbacho y sí un Manolo a secas. Marcó Pablo las siete cifras que estaban anotadas a la derecha de este nombre y creyó oír que un timbre de teléfono, asordinado por el tabique que le separaba del apartamento del locutor, sonaba a lo lejos al mismo ritmo con el que zumbaba en el auricular la señal de llamada. Dejó un dedo sobre la horquilla del teléfono, preparado para colgar en cuanto respondieran. Cesó la señal de llamada, hubo un crujido y, finalmente, surgió la voz de Corbacho, en su versión severa, grave y con su ligero acento sureño, aprisionada en la cinta magnetofónica: Hola, soy Manuel Corbacho Gallardo, éste es el contestador de «Para Ti»; deja tu mensaje y no olvides que el domingo a las diez de la mañana tienes tu cita donde siempre. Te espero.

Pablo colgó antes de escuchar el bip que le habría invitado a hablar. Fue entonces cuando recordó aquellas cifras, cuatro veces cuatro, que Corbacho había marcado en el teléfono público del embarcadero.

XIII

No podía ser verdad que aquella mujer que miraba a la cámara más asustada que desafiante, ligeramente despeinada y con los labios entreabiertos por la sorpresa, fuera la autora de la matanza que se describía con todo pormenor en la misma página. Además de la foto de Lucía, había un plano del piso y otro de detalle del dormitorio matrimonial en el que se señalaban los lugares en los que se encontraron los cadáveres. En el centro de la página, una imagen algo confusa mostraba una gran mancha de sangre en la puerta del piso.

Los vecinos, a través de las ventanas abiertas por el calor, sólo habían escuchado unos pocos gritos y unos sollozos. Sus relatos subrayaban el lado más pavoroso de la locura, la normalidad cotidiana en la que todos podemos reflejarnos: era gente atenta, amable y formal. Algún testigo, que no quiso identificarse, decía que en las últimas semanas había escuchado discusiones y que había notado a la señora muy reservada.

El testimonio de los tenderos del barrio completaba el reportaje con una larga serie de minucias. A su drama, asesina y asesinados sumaban la exhibición pública de sus más menudas intimidades: lo que compraban para comer, los periódicos que leían, los lugares en los que pasaron sus vacaciones, las golosinas y juguetes que preferían las niñas...

Pablo encontró con más paciencia que facilidad aquellas fotocopias de páginas de periódicos que hablaban de Lucía Aguirre. El funcionario del guardapolvos azul parecía haber tomado como una maldición que le hubieran puesto a manejar un cd-rom en vísperas de su jubilación en la hemeroteca y miraba aterrado la pantalla del ordenador. Pablo era la única persona a quien esa mañana se le había ocurrido ir a aquel lugar y esperó con paciencia hasta que el funcionario le dio una lista de fechas y periódicos, le hizo rellenar un impreso, feliz porque no hubieran desaparecido todas las viejas normas, y le entregó, después de desaparecer y reaparecer arrastrando los pies en una habitación vecina, un puñado de fotocopias.

Todos los periódicos contaban lo mismo: una mujer de clase media alta había asesinado a su marido y a sus dos hijas, de seis y cuatro años, y luego se había entregado sin resistirse a los policías que acudieron a la llamada de los vecinos alarmados por gritos y sollozos. En todos los periódicos aparecía la misma foto policial de Lucía y similares croquis de la vivienda. La única diferencia es que algunos habían escogido como ilustración una foto de la mancha de sangre del rellano, otros el portal y uno de ellos una imagen de la fachada del edificio en el que vivía la familia.

Nada se decía de cuáles podían ser los motivos del asesinato, nadie indagaba más allá de los venialmente impúdicos detalles domésticos que revelaban vecinos y tenderos. Todo lo más, se hablaba de que hacía calor esa noche, convirtiendo al calor en cómplice de algo tan horrendo, y uno de los reporteros especulaba por su cuenta con lo extraño que para él resultaba el hecho de que Lucía no se hubiera suicidado después de haber asesinado a su familia.

A pesar de que era verano y no debían de tener muchas noticias, los periódicos sólo se ocuparon con holgura del suceso un par de días. La historia de Lucía fue olvidada hasta que, meses después, se publicaron unas informaciones breves en las que se contaba que un juez la había absuelto y mandado internar en un hospital psiquiátrico.

Pablo volvió a fijarse en el retrato de Lucía. Las circunstancias poco favorables para la estética en las que se habría hecho la foto no impedían que en ella resaltara la fuerza de la mirada de aquella mujer, única defensa que le quedaría para interponer entre su dignidad machacada y unos acontecimientos que se habían producido a tanta velocidad que difícilmente habría terminado nunca de entender. Tenía el mentón erguido, quizá sólo porque el fotógrafo de la policía lo había pedido así, y ese gesto le daba un aire orgulloso.

Los periodistas atribuían edades diferentes a Lucía, entre los 35 y los 43 años, y era difícil averiguar cuál de ellos podía tener razón viendo aquella foto que mostraba a una mujer de edad imprecisa y en todo su esplendor, que lucía con la vanidad con la que se alardean las condecoraciones unas pequeñas arrugas en los ojos y en la comisura de los labios, unos labios que aparecían muy brillantes en la foto, como si Lucía hubiera tenido la coqueta ocurrencia de humedecérselos antes de posar.

Hasta que vio aquella foto, Lucía Aguirre había sido un misterio para Pablo, un nombre sin rostro. De ella sólo le había interesado la posibilidad que le daba de poder gastar a Corbacho una broma siniestra, una venganza ruin a sus infidelidades con Adela. Después de pasar por la hemeroteca, Lucía Aguirre se fue convirtiendo para Pablo en una obsesión que se desató tan rápidamente que lo primero que hizo al llegar al portal de su casa fue meter los dedos en el buzón de Corbacho, sacar toda la correspondencia y mirar si entre ella había alguna carta más de aquella mujer. Decepcionado por no encontrar ninguna, buscó de nuevo en el listín el número de Corbacho. Otra vez, aquel apelativo tan excesivamente familiar, Manolo, le llenó de furia, lo que le dio nuevas fuerzas a su empeño.

Confiado en que Corbacho estaría en su oficina, entregado a las anónimas tareas comerciales que le daban de comer, Pablo marcó el número, dejó pasar una pausa, y apretó en el teclado de su teléfono cuatro veces la tecla del cuatro. Sonaron tres bips y el entrecortado zumbido del rebobinado de la cinta magnetofónica antes de que Pablo pudiera escuchar el par de mensajes que esa mañana los oyentes habían enviado a Corbacho. Ninguno de los dos era de Lucía. Uno era de una niña de doce años que creía estar embarazada y pedía consejo y el otro de una viuda que se sentía turbada por haber tenido lo que ella llamaba malos pensamientos al conocer a un amigo de su nieto de veinticinco años.

Pablo decidió encarar el asunto con paciencia y decisión. Por la mañana bajaba al buzón en cuanto calculaba que había pasado el cartero y repetía la operación de espionaje de la correspondencia de Corbacho. A continuación, escuchaba las llamadas en el contestador y dedicaba el resto de su abundante tiempo a trazar un plan.

La libreta negra de pastas duras y redondeados cantos rojos seguía en la mesa de la salita, pero Pablo ya no le prestaba atención. Había preferido dejar la libreta en ese lugar para que en sus visitas Estrella no la echara de menos y no volviera a azuzarle con el deseo póstumo de Adela de que comenzara a escribir de una vez el libro siempre pospuesto.

Las apariciones de Estrella, cada vez más silenciosa, comenzaron a limitar su ámbito a la cocina, excluyendo el dormitorio. Pronto dejó de dirigir a Pablo miradas de reproche cuando comprobaba, visita tras visita, que la libreta seguía en blanco, y hasta creyó entender que Pablo sabía, o al menos quería, cuidarse solo, por lo que fue distanciando la frecuencia de sus incursiones, aumentando, eso sí, el tamaño del paquete de provisiones para compensar las ausencias.

Cuando apenas le quedaban dos semanas para tener que volver a la trastienda del laboratorio de revelado rápido, Pablo escuchó por vez primera y con toda atención el programa radiofónico de Corbacho, grabándolo además para no perderse detalle. Nada más acabar el programa, llevó el magnetófono al cuarto de baño y fue ensayando frente al espejo la voz del locutor, ese tono grave y severo que a Corbacho le gustaría que llamaran aterciopelado y su ligero acento meridional.

No había ninguna razón aparente para tener que hacer la prueba frente al espejo. Probablemente Pablo no habría podido dar respuesta si alguien le hubiera preguntado por qué escogió ese lugar, pero así lo hizo, quizá simplemente porque consideraba que de todas las habitaciones es el cuarto de baño la más apropiada para la soledad. La presencia del espejo incomodó en un principio a Pablo que, aun así, no dejó de mirarlo de frente ni un instante, pero, una vez que se acostumbró, verse reflejado le ayudó en el ensayo de su impostura. Fue escuchando trozos de la voz de Corbacho grabados en el magnetófono y luego él los iba repitiendo. Comenzó a considerar con contento que ese hombre reflejado en el espejo que hablaba con voz grave y ligero acento meridional bien podría ser tomado por Corbacho. A Pablo le divirtió el juego y fue insistiendo en él hasta que logró una imitación más que aceptable. Sólo lo dejó cuando creyó que no había casi diferencias entre la voz que salía de la cinta y la del hombre del espejo, entre el original y la copia, y se sintió halagado en su vanidad por descubrir en él mismo esta habilidad de imitador de voces que hasta entonces ignoraba.

Todas las mañanas esperaba impaciente la llegada del cartero y luego llamaba al contestador de Corbacho para escuchar los mensajes. Estudió al detalle los horarios del locutor y se pasó horas mirando a través de la ventana o de la mirilla de la puerta hasta conocer la rutina de sus entradas y salidas. Para controlar por completo las llegadas de Corbacho a casa, puso en práctica un truco leído en su infancia en una novela de Enid Blyton, sacando por primera vez en la vida jugo utilitario a la Literatura: ponía un hilo rojo entre la puerta y el marco; si volvía sin que él se enterase, el hilo desaparecía al abrir la puerta.

Controlando los movimientos de Corbacho, Pablo pudo multiplicar las llamadas al contestador con la tranquilidad de saber que el locutor no estaba en casa y no podría sorprenderlo. Multiplicando sus llamadas, incrementaba las posibilidades de encontrarse con el esperado mensaje de Lucía.

La ausencia de cartas y llamadas no le desmoralizaba. Trató de aprovechar el tiempo para mejorar su imitación de Corbacho. Hablaba a solas improvisando todo tipo de situaciones y encarándolas con la voz del locutor. Cuando consideró que se conocía bien el papel, se atrevió a dar un paso más. Para estar seguro de que la voz de Corbacho no sonaba postiza en su propio cuerpo, Pablo decidió comenzar a usarla cada vez que podía, cuando se encontraba en lugares en los que nadie le conocía y en los que, por tanto, era imposible que alguien reparara en el engaño.

Para acompañar mejor su nueva voz, decidió introducir algunos cambios en la manera en que manejaba su cuerpo. No es que Pablo pretendiera imitar las maneras de Corbacho, sino que fue reconstruyendo, completando y mejorando el personaje que el locutor se había fabricado.

En la realidad, Corbacho, con la simple transformación de su tono de voz y la edulcoración de su acento, se convertía de aplicado vendedor de anuncios en locutor salvador de almas. Pablo añadió algo más a la realidad: cuando imitaba a Corbacho andaba más pausadamente, con cierta pompa, algo estirado y hasta con algún amaneramiento, como si pretendiera mejorar el original y así hacerlo completamente suyo.

Pablo se llegó a sentir orgulloso de su labor de reconstrucción de Corbacho. Esta tarea le liberó del peso de la rutina de su vida. El resto del tiempo lo ocupaba en imaginar cómo sería su encuentro con Lucía. Desde su visita a la hemeroteca, Pablo observaba que, al contrario de lo que le había sucedido con la fantasmal Estrella, podía fijar la imagen del rostro de Lucía en su imaginación sin ningún esfuerzo, recordarlo con detalle sin necesidad de tener que empujar su memoria mirando las fotocopias de los recortes periodísticos que había conservado pero no había vuelto a mirar.

XIV

La ciudad había dejado de asustar a Lucía. Con la misma rapidez con la que se había acostumbrado a sentir de nuevo su cuerpo, se habituó a las estridencias de la calle, a la fugacidad de los semáforos en los pasos de peatones y a los obstáculos sembrados en las aceras. Ahora caminaba erguida y hasta con cierto garbo, sin buscar refugio a sus miedos abrazándose al bolso. Era optimista: estaba segura de que antes de tener que volver al hospital hallaría al locutor eludiendo al hombre de la voz metálica que se había empeñado en separarlos.

Lucía gozaba de su vuelta a la libertad y la divertían las novedades que encontraba en la ciudad. Procuraba mantener alejados los recuerdos y por ello, y por evitar indeseados encuentros fortuitos, eludía su antiguo barrio. Sus paseos se limitaban a las calles más céntricas, en las que todos parecían sentirse forasteros. Lucía se había dado un plazo para recobrar por completo sus sentidos antes de ir al encuentro de Corbacho y así se lo anunció en aquella carta que había llegado accidentalmente hasta el buzón de Pablo. Durante esa tregua, aprovechó para disfrutar del último sol del otoño y renovar su vestuario. En uno de sus paseos dio con un lujoso centro comercial que fue a completar su relación de descubrimientos, junto a las tarjetas telefónicas y los obstáculos urbanos, dos novedades que no existían cuando ingresó en el psiquiátrico. El centro comercial ocupaba un viejo edificio al que habían vaciado por completo conservando tan sólo la fachada y llenado de pequeñas tiendas de moda. Tan selecto lugar tenía por vecinos a las putas y camellos que con escasa discreción ocupaban las aceras de la calle durante todo el día.

A Lucía, recuperar la consciencia no sólo le reportaba beneficios; también la había hecho consciente de su desaliño y eso aumentaba su inseguridad. Traspasar la puerta del centro comercial le resultó tan trabajoso como lograr cruzar la calle en sus primeros días de libertad, cuando tenía los sentidos acorchados por la medicación y agobiados por el ruido de los coches. Un robusto guarda parecía seleccionar con su mirada a la clientela, manteniendo alejados a putas y camellos, a los que dedicaba feroces expresiones. La gente que entraba en aquel lugar iba bien vestida y parecía feliz. Lucía, que no se sentía identificada con ninguna de estas dos cualidades, temía ser rechazada por el robusto guarda si le daba por clasificarla en la categoría de los parias.

Lucía se llenó de valor. Sólo si lograba superar sus miedos podría entrar en aquel lugar y comprar la ropa que la haría idéntica a aquellos seres bien vestidos y felices que eran como ella misma en aquellos tiempos en los que el director de su banco salía a recibirla a la puerta, la hacía pasar a su despacho, no quitaba los ojos de sus pechos y la llamaba doña Lucía. Se apretó contra su bolso, recuperando el tic de los primeros días en libertad, miró a un punto situado en algún lugar del infinito frente a sus ojos, soñó con resultar invisible ante el feroz cancerbero y aligeró el paso. Esperaba un enérgico siseo del guarda o una de sus fuertes manos agarrando su hombro para impedirle entrar, pero nada de eso sucedió.

El ambiente frío del interior, piedra, acero y cristal, sólo estaba contrastado por la presencia de media docena de trabajadores que instalaban la decoración navideña en el gran patio central del edificio, ocupado por las sillas y los veladores de un bar y un solitario piano vertical pintado de blanco. Lucía seguía con los ojos clavados en el infinito y evitaba mirar alrededor para eludir confirmar la sensación de sentirse observada por aquellas personas tan bien vestidas y felices. Palpó el fajo de billetes que llevaba en el interior del bolso y entró en la tienda que era a la vez la más grande y lujosa del lugar. Había tres dependientas que aparentaron ignorar a Lucía. Temerosa de que su invisibilidad a los ojos de las vendedoras pudiera resultar efímera, Lucía eligió a toda prisa tres vestidos y un abrigo, que no llegó a probarse, sino que se limitó a ceñir a su cuerpo mientras se miraba al espejo. Cargada con los tres vestidos y el abrigo, marchó hacia las vendedoras. Su invisibilidad duraba ahora algo más de lo que hubiera deseado. Las dependientas siguieron charlando entre ellas y desentendiéndose de Lucía, quien, cohibida, no se atrevía a interrumpir la conversación y se limitaba a esperar, a apenas a un metro, que repararan en ella. Por fin, una de las vendedoras la miró de arriba abajo, cogió las etiquetas de los tres vestidos y el abrigo, hizo una suma mentalmente y suspiró una cifra. Lucía asintió con la cabeza y la vendedora se puso a empaquetar la ropa con tanta prisa como aparente desgana. Lucía sacó el fajo de billetes y dejó unos pocos sobre el mostrador. La dependienta cogió el dinero haciendo pinza con los dedos índice y pulgar de su mano derecha, como si temiera contagiarse de alguna enfermedad y dejó de vuelta unas monedas.

Con idéntica premura, Lucía compró, en otras tantas tiendas, zapatos, bolsos, ropa interior, perfumes y cosméticos. Todas las dependientas padecían la misma desgana y cogían el dinero como si les diera asco. Afortunadamente, al principio todas parecían también ignorar a Lucía, que se sentía aliviada por esa aparente invisibilidad que le permitía elegir sus compras en paz. Cuando acabó su recorrido por las tiendas, Lucía entró en un aseo y se encerró con los paquetes. Primero trasladó todas sus pertenencias al bolso más voluminoso de los que había comprado. Luego se desnudó y metió la ropa vieja en el viejo bolso de tela estampada. Ahora, ya sin prisas, fue eligiendo entre las prendas nuevas, probando combinaciones de color y estudiando qué zapato podía irle mejor, con una atención y una coquetería de las que parecía desprovista mientras hacía las compras a toda velocidad.

Lucía salió de la cabina de aseo completamente transformada y arrojó a la primera papelera que encontró el viejo bolso estampado que contenía sus ropas usadas. Ya no temía llamar la atención entre aquellos seres bien vestidos y felices, pero, aun así, prefirió completar su transformación y entrar en un salón de belleza. Dijo que sí a todos los ofrecimientos que le hizo la sonriente joven que ocupaba una mesa en la recepción y dejó pasar las horas, silenciosamente, evitando ser enredada en las conversaciones que escuchaba y que le parecían ajenas.

Maquillada, peinada y perfumada, Lucía salió de allí con la sensación de que ella ya era también no sólo una persona bien vestida, sino hasta feliz, que podía pasar desapercibida entre toda aquella gente y que ningún robusto y feroz portero podría tomarla nunca por paria. Como primera consecuencia de su metamorfosis, Lucía notó que la dependienta del salón de belleza aceptaba su dinero sin aparentar asco ni hacer pinza con los dedos, como las anteriores dependientas. Para evitar exteriorizar su previsible sorpresa, Lucía sólo se miró fugazmente en el espejo cuando la encargada del salón de belleza la invitó a hacerlo al final de la sesión. Nada más salir del local, Lucía buscó su reflejo en un escaparate y se miró orgullosa. Le emocionaba saber que ella era aquella mujer que giraba coqueta en el reflejo del escaparate, pero le resultaba difícil identificarse con esa imagen. Aquel reflejo elegante y de apariencia feliz en nada se parecía al ser vencido y perpetuamente adormilado de los últimos cinco años, pero tampoco le recordaba a la Lucía de antes, la mujer que vivió unos episodios que había conseguido olvidar. Una vibración en la muñeca y el bip-bip del barato reloj digital sacó a Lucía de su ensimismamiento. Miró alrededor para comprobar que nadie había escuchado la alarma. Temerosa de que el reloj desentonase en su indumentaria, lo hizo deslizar antebrazo arriba hasta que la manga de la blusa lo ocultó por completo. Luego, salió del centro comercial apretando el paso y cruzó aquel patio en el que la iluminación navideña daba apariencia de autómata antiguo a aquel hombre que tocaba un piano blanco y envolvía con una melodía melosa a aquellos grupos de gentes felices y bien vestidas que tomaban el aperitivo.

La vieja encargada de la pensión abrió la puerta y murmuró lo que podría ser un saludo sin mostrar sorpresa por la transformación de Lucía. La anciana parecía haber asimilado las tres reglas de oro de su negocio: cobrar por adelantado, no extrañarse por nada y no hacer preguntas. Lucía fue abriendo los paquetes y ordenando la ropa en el armario de su habitación. Las compras y el paso por el salón de belleza le habían dado suficiente confianza en sí misma y unas buenas dosis de euforia que iba a necesitar para la tarea que le esperaba. Ya había recuperado por completo todos sus sentidos; ahora podía ir en busca de Corbacho. Sabía, estaba segura de ello, que en sus cinco años de ausencia Corbacho no la había olvidado. Déjalo todo, ven hacia mí, nunca estarás sola mientras yo esté aquí, seguía repitiendo el locutor al comienzo de su programa. Lo malo es que, junto a él, seguía el hombre de la voz metálica y no podía perder tiempo, porque pronto se acabaría su libertad.

A Lucía sólo le cabía la posibilidad de arriesgarse, de citar a Corbacho en algún lugar y confiar en que el locutor pudiera eludir al hombre de la voz metálica. Pero antes intentaría acercarse a él. Más por conocer cuál era el lugar en el que vivía y sentirse cerca de Corbacho que por confiar en un encuentro casual, encuentro que, en cualquier caso, resultaría estéril porque ni Lucía conocía cómo era Corbacho ni Corbacho sabía cómo era Lucía y, en el improbable caso de que se encontrasen, sería completamente imposible que se reconocieran.

El taxista que llevó a Lucía hasta la calle Olmos debía de ser nuevo en el oficio o la calle Olmos era muy poco conocida, porque tuvo que pararse dos veces para mirar en el callejero antes de llegar a su destino. Lucía tomó precauciones: pidió que la dejara frente al número 4 aunque ella sabía bien que Corbacho vivía en el 16, según había visto en la guía telefónica. A pesar de su nombre, en la calle no había ningún olmo ni ningún otro árbol, ni siquiera el más mínimo rastro vegetal en forma de seto. Para alcanzar la acera después de abandonar el taxi, Lucía tuvo que abrirse paso entre tres filas de coches aparcados. Notó que el corazón le latía más rápido según se acercaba a la casa, pero ajustó su paso al ritmo seguro y despreocupado que había visto lucir a los seres bien vestidos y de feliz apariencia. Ese tipo de seres no abundaba en la acera de los números pares de la calle Olmos, que a aquella hora estaba llena de niños que volvían del colegio y de amas de casa malhumoradas. Todos los portales parecían iguales. Todos tenían el quicio de granito y una puerta de cristal con un tirador de latón. Al llegar al número 12 aumentó el ritmo de sus pasos y cuando alcanzó el 16 giró con decisión y entró en el edificio.

No había portero ni probablemente lo habría habido nunca, porque no se veía ninguna garita ni mostrador que recordara su existencia. Al fondo estaban los ascensores y junto a ellos, a la derecha, los buzones para la correspondencia. La luz era débil y Lucía tuvo que esforzarse para encontrar lo que buscaba, una plaquita de plástico blanco rotulada en negro en la que se podía leer: M. Corbacho Gallardo. No había rastro del hombre de la voz metálica ni señal alguna de que alguien vigilara la casa. Todo estuvo en silencio hasta que el motor del ascensor arrancó con estruendo sobresaltando a Lucía y haciéndola retroceder, cruzar la calle a paso rápido y refugiarse en una tienda a través de cuyo escaparate se podía observar el portal.

Del número 16 de la calle Olmos salieron dos mujeres. Había sido una falsa alarma: evidentemente, ninguna podía ser ni Corbacho ni el hombre de la voz metálica. Aunque, si en vez de mujeres hubieran sido hombres, Lucía tampoco podría haber sabido si se trataba de Corbacho o del hombre de la voz metálica o, incluso, de ambos. Ésa era una de las pegas que tenía haber sido poseída por una voz, por poco más que un fantasma. Durante las muchas horas que, a lo largo ya de tantos años, Lucía había consumido fantaseando sobre el modo de llegar a Corbacho, jamás imaginó cómo sería ese momento ni trató de concebir cuál podía ser su rostro, cuáles podían ser las facciones que ocultarían aquel signo de interrogación con el que un periodista escasamente imaginativo había ilustrado su artículo sobre la negativa de Corbacho a ser fotografiado y cuyo recorte Lucía guardaba entre sus tesoros.

Lucía siguió vigilando el portal a través del escaparate de la tienda hasta que oyó a sus espaldas la voz de una mujer que le preguntaba si podía ayudarla en algo. Acostumbrada ya a ser casi invisible a los ojos de las dependientas, a Lucía le sorprendió tanta atención y quiso corresponder de alguna manera. Ni siquiera sabía en qué clase de tienda se encontraba, por lo que tuvo que echar un vistazo a su alrededor antes de dar una respuesta. La tienda vendía mercancía de lo más heterogénea y en ella compartían vecindad objetos tan diversos como de escaso valor: bisutería, muñecos de peluche, perfumes de desconocidas marcas e historiados envases... Entre tanta y tan dispersa quincalla los ojos de Lucía fueron a fijarse en un pañuelo rojo brillante que podía ser de seda. Démelo, ordenó señalándolo.

XV

Si ya era una triste paradoja que Pablo gozara sintiéndose un personaje que despreciaba, más paradójico resultaba que corrigiera y tratara de mejorar la, para él, despreciable imagen de Corbacho, proporcionándole esos andares pausados y algo pomposos que le añadían un barniz de digna apariencia.

Azuzado por el aburrimiento y los deseos de venganza, Pablo había querido hacerse con el personaje de Corbacho y, sin embargo, éste se iba haciendo con él. Lo que pretendía ser sólo una impostura amenazaba con transformarse en posesión. La misma fuerza que se había apropiado de la voluntad de Lucía podía acabar sometiendo a Pablo, convirtiéndole de vengador en víctima.

Recubierto por las apariencias de aquella voz grave y de acento meloso y los andares distinguidos, Pablo se decidió a recorrer rincones de la ciudad que le eran casi desconocidos. Para vestir el personaje se puso lo mejor que tenía en su armario, el mismo traje oscuro que había llevado al entierro de Adela. Tomó un autobús al azar y lo abandonó al llegar a aquel barrio de oficinas lleno de edificios de acero y cristal. Durante el viaje, inmóvil y silencioso, no tuvo oportunidad de practicar su recreación de Corbacho. Todo lo más, amagó un gesto más involuntariamente cómico que galante al ceder su asiento a una anciana.

En aquel barrio de oficinas todos caminaban con prisas y difícilmente podían estar dispuestos a pegar la hebra con un desconocido. Gente tan adicta al trote suele desconfiar incluso de los que piden la hora porque teme que esta demanda sea sólo un disfraz tras el que puede esconderse un vendedor camuflado, un ladrón o, lo que sería peor, un ser falto de afecto en busca de amigos. Pablo tenía difícil ensayar su personaje ante tan acelerada audiencia. Además, los ceremoniosos andares que lucía en su recreación de Corbacho resultaban excesivamente llamativos en aquel lugar de gentes apresuradas, lo que dificultaba aún más cualquier maniobra de acercamiento.

Entre tanta gente en movimiento, sólo una persona se mantenía inmóvil: el hombre que vendía periódicos en el atrio de un edificio de oficinas por el que entraban y salían los hombres y mujeres veloces.

Pablo se dirigió hacia el quiosquero y, luciendo la voz grave y melosa y el acento meridional de Corbacho, compró un periódico económico de páginas color salmón que consideró era el más apropiado para llevar de la mano en aquel barrio. Después de pagar, Pablo intentó una conversación, recurriendo al más socorrido de los asuntos.

Parece que entra ya el invierno, comentó Pablo. El quiosquero alzó la cabeza y le miró fijamente, a la vez que comenzaba a abrir la boca con lentitud, pero no para dar una respuesta, sino para esbozar el comienzo de lo que podía ser una mueca de asombro. Estaba claro que aquel hombre no tenía por costumbre que los clientes le hablaran.

Al otro lado de la puerta del atrio había una máquina de hacer fotos de carné y otra para imprimir tarjetas de visita. Para no permanecer inmóvil ni manifiestamente ocioso en aquel lugar de gente tan activa y de apariencia tan laboriosa, Pablo caminó hacia ellas. Leyó las instrucciones de la máquina de imprimir tarjetas, echó unas monedas en la ranura y luego compuso en el teclado el nombre y los dos apellidos de Corbacho. Antes de escribir la dirección y el número de teléfono, que ya se sabía de memoria después de haberlo marcado tantas veces, dudó a la hora de describir con una sola palabra la profesión de Corbacho. Locutor le pareció una manera muy pobre e innecesariamente modesta de definir lo que constituía su actividad pública y optó por la posibilidad que le pareció más enfática. Comunicador, tecleó finalmente.

Con dos docenas de tarjetas de visita en el bolsillo, Pablo miró alrededor buscando dónde podía continuar su representación. El único establecimiento público que se veía en las cercanías era un concesionario de BMW.

El vendedor, un hombre joven, sonrió a Pablo como si llevara toda una vida esperando su visita y le invitó a sentarse. Pablo comprendió rápidamente que se encontraba frente a un igual: otro impostor, un hombre que adoptaba disfraces, maneras y acentos ajenos para ejercer con la máxima aplicación su trabajo de vendedor de coches, imitando lo que creía debían de ser las maneras y latiguillos verbales de esos hombres apresurados que veía pasar frente al escaparate. No había nadie más en la tienda, pero, aun así, Pablo creyó sentirse observado, como si estuviera en el escenario de un teatro en el que las luces le impidieran ver al público.

En cuanto Pablo se sentó obedeciendo la indicación del vendedor, éste hizo lo mismo en el sillón de enfrente. Pablo se echó hacia atrás y cruzó las piernas y el vendedor repitió los mismos gestos y en el mismo orden. Por un momento, Pablo pensó que estaba frente a un bromista, pero desechó esta idea en cuanto el vendedor comenzó a hablar, rompiendo así el juego de mímesis. El vendedor repetía un discurso que, sin duda, conocía de memoria y tenía muy ensayado, pero lo revestía con guiños y gestos campechanos pretendiendo hacerlo pasar por espontáneo.

Llega usted en el mejor momento, dijo el vendedor, dando por supuesto que Pablo iba a comprar un coche. El vendedor le enseñó una hoja de fax en la que dijo que estaban los nuevos precios, pero prometió a Pablo estar dispuesto a hacer una excepción con él y aplicarle aún los antiguos, más baratos.

El vendedor repitió la misma ancha sonrisa con la que acababa de dar a Pablo la bienvenida y le preguntó cuál era el modelo que le interesaba. La voz grave y melosa de Corbacho salió fluida de la garganta de Pablo, aunque los gestos parecían copiados de los del vendedor, como si ambos estuvieran condenados a seguir jugando a los espejos e imitarse mutuamente. Pablo dijo estar interesado en un modelo de tamaño intermedio que estaba junto a la puerta y el vendedor le acompañó hasta él, se lo enseñó con todo detalle, le dio una avalancha de datos técnicos y le obligó con insistencia a sentarse al volante. Pablo, que no sabía conducir, temía que le invitara también a dar una vuelta, pero el vendedor se adelantó a sus temores informándole que, si quería probarlo, tenían antes que fijar una cita. Pablo pretendía expresar satisfacción, aunque lo que sentía era más bien asombro y algo de miedo ante las palancas e interruptores de misteriosa utilidad que tenía frente a él, junto al volante. El vendedor, tratando de interpretar los pensamientos de Pablo, atendía a todos sus gestos mientras deslizaba la mano derecha sobre la carrocería, como si acariciara a un animal, y repetía: Es una belleza.

Del coche pasaron de nuevo a los dos sillones situados frente a frente y allí el vendedor enseñó a Pablo muestras de pintura y tapicería. Pablo, por decir algo y, a la vez, ir poniendo fin al encuentro, se interesó sobre cómo podían quedar para probar el coche. El vendedor le pidió su número de teléfono y Pablo respondió entregándole una de las tarjetas de visita que acababa de imprimir en la máquina. El vendedor acompañó a Pablo hasta la puerta y allí ambos se despidieron con la misma ancha sonrisa. El vendedor logró romper la simetría al decir la última palabra: Ya sabe, ha llegado usted en el mejor momento; aún puedo mantener mi oferta una semana más.

Pablo caminó calle arriba hasta desaparecer de la vista del vendedor y esperó en una parada al primer autobús. En el trayecto, no pudo recrear su interpretación de Corbacho porque el autobús iba vacío y no se atrevió a contradecir la orden exhibida en una placa de plástico que prohibía hablar con el conductor.

Los habitantes de aquel barrio de oficinas no debían de ser muy aficionados al transporte público. Como si el conductor no tuviera ninguna prisa, el autobús fue deteniéndose en todas las paradas, aunque nunca había nadie esperando en ellas. Del barrio de oficinas, el autobús salió hacia una autopista y finalizó su trayecto en un centro comercial que albergaba un gran supermercado, unos cines, unas cuantas tiendas y varios restaurantes de comida rápida. Una docena de mujeres cargadas con bolsas del supermercado subieron por la puerta delantera del autobús y Pablo decidió bajarse a explorar aquel lugar que parecía bastante más animado que el barrio de oficinas del que venía.

La presencia de un hombre en aquel lugar ocupado sólo por mujeres suscitaba curiosidad y Pablo no dejó de sentirse observado en todo momento. Con la imagen de Lucía fijada en su memoria, Pablo fue desmenuzando los rostros de mujer con los que se encontraba, tratando de identificarlos con los rasgos de Lucía que había visto en los recortes de periódicos. Aquella mujer que creía sentirse poseída por su vecino Corbacho debía de encontrarse en algún lugar y por improbable que fuera no había que descartar un encuentro casual.

Aquel sitio parecía menos propicio de lo que imaginaba para poner nuevamente a prueba sus habilidades como imitador de Corbacho. Los vendedores no cruzaban más palabras de las imprescindibles con las compradoras y cualquier intento de iniciar un diálogo fortuito con alguna de aquellas mujeres habría provocado suspicacias. Además, parecía difícil intentar acercarse a ellas, dado que no paraban de moverse e iban con decisión de un lugar a otro haciendo sus compras, con una atareada actitud que parecía copiada de aquella gente que acababa de ver en el barrio de oficinas.

Apenas a quince metros de él, Pablo vio a una joven morena que le sonreía. La joven era la única persona en aquel lugar que no iba cargada con ningún carrito ni bolsa de plástico y la única también que estaba inmóvil. Pablo miró atrás para asegurarse de que la sonrisa iba dirigida hacia él y vio que a sus espaldas no había nadie más. Cuando iba a alcanzar el lugar en el que se encontraba la joven, ésta avanzó cortando el paso a Pablo. A su sonrisa, la joven agregó entonces una mirada húmeda de desamparo. Perdón, caballero, dijo la joven, desinflando con este tratamiento tan distante y formal las ilusiones que Pablo podía haberse hecho. Permítame dos minutos y le enseñaré los secretos del multimedia, añadió la joven sin perder su tono solemne, mientras suavemente empujaba a Pablo hasta un entoldado blanco.

Dentro del entoldado había cuatro mesas y, sobre cada una de ellas, un ordenador. Tres de las mesas estaban ocupadas por hombres que mostraban las habilidades de aquellas máquinas prodigiosas a otras tantas mujeres. La joven de la sonrisa condujo a Pablo hasta la mesa vacía, introdujo un disco plateado en una ranura del ordenador e hizo pasar frente a los ojos de Pablo las más diversas imágenes: viejos retratos de hombres ilustres, animales marinos, catedrales, paisajes montañosos, mapas de países exóticos, piezas arqueológicas, plantas industriales... Aquel disco plateado contenía toda una enciclopedia, pero había más. La joven fue sacando otros discos: un recetario de cocina, una guía de primeros auxilios y, con algo de misterio, como si se tratara de una sorpresa que debía convertir a Pablo en un devoto de aquel sistema que la joven llamaba multimedia, lo que parecía ser el plato fuerte, una historia universal del fútbol que contenía una antología con las mejores jugadas.

Mientras le mostraba todas las maravillas que se podían hacer con aquel ordenador y aquellos discos plateados, la joven sometía a Pablo a un sutil interrogatorio tratando de indagar todos los detalles posibles sobre su vida: estado civil, número de hijos, profesión, aficiones... Pablo había recuperado la voz grave y el acento meloso de Corbacho y daba respuestas evasivas no sólo por proteger su intimidad, sino porque este tipo de réplicas le permitía contestaciones más largas y floridas y, por tanto, le dejaba lucir mejor su imitación de Corbacho.

La locuacidad de Pablo terminó arrinconando a la joven, que perdió pronto la iniciativa de la conversación, aunque aún trató de recuperarla contraatacando con un chorreo de extrañas palabras con las que pretendía describir las características de aquella máquina prodigiosa: plug and play, pentium, memoria ram, slots, puertos paralelos, puertos serie, floppy, disco duro, vga... Parecía que con estas extrañas palabras, la joven, que a estas alturas había mudado su sonrisa y su mirada húmeda de indefensión por un gesto decidido, tratara de hipnotizar a Pablo, porque, a continuación, pasó a hablar del precio de aquel aparato, que, eso sí, se podía pagar aplazadamente o de una vez y con un importante descuento.

La joven no pudo disimular su sorpresa cuando vio que Pablo hacía un gesto decidido y mientras dirigía hacia ella las palmas de las manos, como si pretendiera frenarla, dijo: Me interesa, lo compro, lo pagaré al contado. Con algo de ceremonia, Pablo extrajo de un bolsillo una de las tarjetas que acababa de imprimir con el nombre de Corbacho y la puso sobre la mesa. La joven copió el nombre, la dirección y el número de teléfono en un formulario. Pablo lo firmó con un ilegible garabato y la joven le anunció que tendría el ordenador y los discos plateados en casa antes de cuarenta y ocho horas.

XVI

Lucía quiere abandonar ese barrio que presiente peligroso, pero antes entra en la cabina telefónica que hay a menos de treinta metros del portal de la casa de Corbacho y marca el número de su contestador, que ya se sabe de memoria. La señal de llamada zumba cuatro veces y Lucía imagina que cerca de allí, en la casa en la que vive Corbacho, un timbre suena también cuatro veces. Después de oír el crujido de arranque del contestador, escucha la voz del locutor recitando de forma mecánica la invitación a dejar un mensaje en cuanto se oiga un bip. El haber escuchado, varias veces ya, la voz de Corbacho encerrada en aquella grabación magnetofónica no libra a Lucía de esa desazón que se le repite siempre y cuyos síntomas son un ligero temblor de piernas y algo que parece un pellizco en la boca del estómago. Cuando siente que se aproxima el bip que le invitará a comenzar a hablar, Lucía carraspea para aclarar su voz y deja dicho: Corbacho, bandido, ya he recuperado mis sentidos y quiero verte. Todas las tardes te estaré esperando entre las seis y las siete en el bar que hay en el Centro Gran Vía, junto al pianista. Llevaré un pañuelo rojo para que puedas reconocerme. Asegúrate de que no te sigue nadie. Ten cuidado. Te deseo.

XVII

Pablo volvió a casa satisfecho por su excursión. No había tenido muchas oportunidades de practicar su imitación de Corbacho, pero sí de ejecutar dos pequeñas venganzas que provocarían algunas molestias e inquietarían al locutor, al hacerle saber que había una persona haciéndose pasar por él. Pablo sonrió pensando en el acoso al que el vendedor de BMW, suponiéndole un cliente seguro, sometería a Corbacho hasta obligarle a probar el coche.

Metió la mano en el buzón de Corbacho y, tras comprobar que sólo había cartas del banco y publicidad, volvió a dejarlas en su sitio. Cuando llegó al rellano de la escalera repitió lo que se había convertido casi en un rito y se aseguró de que el hilo rojo que había dejado en la puerta de Corbacho permanecía en el mismo lugar.

El hilo estaba en su sitio, lo que significaba que Corbacho no había llegado aún y todavía podía volver a probar suerte con el contestador.

Dentro del frigorífico, unas bandejas de comida preparada daban testimonio del paso de Estrella por la cocina. La libreta negra seguía en el centro de la mesita del salón y Pablo no pudo evitar un leve arrebato de mala conciencia por la pereza, el miedo o la falta de inspiración que le impedían lanzarse a llenar de palabras aquel cuaderno, obedeciendo la última voluntad de Adela que tenía a Estrella como vigilante albacea. Trató de recuperar el buen humor perdido volviendo a su dedicación exclusiva de los últimos días. Ya se había aprendido de memoria el teléfono de Corbacho y no tenía necesidad de tropezar una vez más con el modo obscenamente familiar con el que Adela había escrito en el listín su nombre, Manolo. En cuanto sonó la voz de Corbacho, antes de que llegara el anunciado bip, apretó cuatro veces la tecla del cuatro, escuchó el chirrido que a modo de lamento emitía la cinta del contestador al rebobinarse y oyó lo que llevaba varios días esperando, la voz de Lucía que sonaba tras un entrecortado carraspeo y decía: Corbacho, bandido, ya he recuperado mis sentidos y quiero verte.

Pablo tomó nota apresurada del lugar y la hora que Lucía proponía para la cita y subrayó las dos palabras que describían la contraseña: pañuelo rojo.

La advertencia que hacía Lucía en su mensaje de que tuviera cuidado y de que se asegurara de que nadie le seguía excitó a Pablo y más que asustarle le azuzó a insistir en lo que había comenzado siendo una triste venganza y ahora prometía convertirse en toda una aventura. Aún quedaban cuatro horas para el momento de la cita. Debía acudir a ella con discreción, no sólo porque Lucía le aconsejara tomar precauciones, sino porque cabía la posibilidad de que Corbacho sintiera curiosidad al escuchar el mensaje y decidiera acudir también. Pablo decidió gastar el tiempo que le quedaba en trazar una estrategia y decidir con mimo cuál debía ser la ropa más adecuada para presentarse al encuentro.

El mensaje de Lucía daba a entender que estaba dispuesta a ir al lugar de la cita todos los días a la misma hora hasta que encontrara a Corbacho. Por tanto, no había necesidad de darse prisa. Podía aprovechar para observar tranquilamente a Lucía antes de acercarse a ella, aunque eso dejaba abierta la posibilidad de que Corbacho se le adelantara si también se decidía a presentarse.

En cuanto a la indumentaria más adecuada, Pablo se dejó guiar por lo que había visto en el cine y en la televisión, que eran sus únicas referencias para una ocasión insólita como la que se le presentaba, y optó por llevar una gabardina, que le permitiría embozarse en sus grandes solapas, y un sombrero de fieltro negro, que recordaba haber visto hacía tiempo en un armario.

Ponerse a mirar en los armarios le daba a Pablo, a la vez, pereza y temor de quedar prendido por la nostalgia. Remoloneó un buen rato antes de decidirse y finalmente se dispuso a iniciar la búsqueda del sombrero de fieltro negro. No corrió el riesgo de sucumbir a la nostalgia porque alguien, probablemente la siempre previsora Estrella, parecía haber querido eludir este peligro llevándose todos los vestidos de Adela.

Con los armarios tan vacíos, resultó fácil dar con el sombrero, que apareció, lleno de polvo, en el fondo del altillo en que estaban guardadas las maletas.

XVIII

El vaho que salía de la bañera llenaba el aire de perfume y cubría piadosamente la fealdad de las paredes desconchadas, el perdido azogue del espejo y el triste brillo de los grifos del cuarto de baño de la pensión. Lucía disfrutó de un largo baño sin que nadie, víctima de urgencias, la interrumpiera golpeando la puerta. Cuando salió de la bañera, envuelta y protegida aún por el vaho, se enfrentó desnuda al espejo, que le devolvió una imagen borrosa de sí misma, y se secó el pelo con el aparato que le había prestado la vieja y callada encargada de la pensión.

Después, fue la luna del armario de su habitación la que le ayudó a observarse mientras se peinaba, se maquillaba, se perfumaba e iba probándose la ropa nueva, que casi no se había visto puesta por la precipitación con la que la compró. Esta vez pudo hacerlo sin prisas, tranquilizada por la seguridad de que nadie la observaba.

Tras recuperar los sentidos, redescubría ahora la coquetería, algo que había perdido, aun antes que los sentidos, en los últimos y agobiantes meses de su anterior vida en libertad. Dudó una y otra vez qué ponerse para acudir a su primer intento de cita con Corbacho. Coordinó diversas piezas y a todas las hizo combinar a su vez con el pañuelo rojo que había comprado por casualidad y se había terminado convirtiendo en la contraseña del encuentro. Le pareció un buen presagio el que la contraseña fuera producto del azar, porque, si no hubiera retrocedido asustada hasta aquella tienda, no habría comprado nunca el pañuelo rojo. Faltaban menos de tres cuartos de hora para las seis cuando Lucía se decidió por fin por un vestido amarillo, que cubrió con el abrigo, pero tomando la precaución de dejarlo desabrochado para que se viera sin dificultad el pañuelo rojo que había anudado a su cuello.

Cuando llegó al centro comercial, aún le sobraban quince minutos. Pasó sin pararse por el gran patio central en el que se encontraba el bar del piano blanco. El músico con apariencia de autómata arrancaba viejos boleros al instrumento mientras mantenía en su rostro una expresión de inconsolable tristeza, que podía obedecer, simplemente, a su estado de ánimo o, quizá, a razones profesionales, porque considerara ésta la expresión más oportuna para ejecutar este tipo de música. Lucía ya no se sentía muy diferente a las demás personas que veía andar a su lado y eso la ayudó a pasar sin miedo esta vez ante el robusto guardia de seguridad de la entrada y le permitió recorrer las tiendas sin ningún temor.

Más por dejar pasar el tiempo que por interés, se paró ante el escaparate de una tienda en la que se mostraban objetos diversos de fría apariencia que sólo parecían tener en común sus formas estilizadas y el haber sido hechos en acero y en plástico o cuero de color negro. Había despertadores, pisapapeles, aparatos de radio, maquinillas y brochas de afeitar, objetos de escritorio, ceniceros y una afilada navaja de larga hoja. El delicado diseño de la navaja la despojaba del aire siniestro que suelen tener estos instrumentos, hasta el punto de convertirla en algo inocente.

Lucía entró en la tienda e imitó a los demás clientes, que palpaban los objetos como si los acariciaran o sólo pudieran reconocer sus formas mediante el tacto. Fue tomando en su mano, uno tras otro, un cenicero, una pluma estilográfica, una grapadora y una pequeña linterna, antes de decidirse a coger la navaja. Cerrada, la navaja tenía una apariencia inocente que desaparecía por completo y se transformaba en agresiva cuando se abría y aparecía la aguda y afilada hoja, que estaba tan perfectamente pulida que Lucía pudo verse reflejada en ella con más nitidez que en la luna del viejo armario de su cuarto de la pensión. Con mucha precaución, para evitar herirse, pasó un dedo por el filo de la cuchilla hasta llegar a la punta. A los ojos de Lucía, la mezcla de inocencia y perversidad daban a aquel objeto un atractivo del que claramente carecían los despertadores, los pisapapeles, los aparatos de radio, las maquinillas, las brochas de afeitar, los objetos de escritorio, los ceniceros, las plumas estilográficas, las grapadoras o las linternas.

Pero, además, la navaja podía resultar en cualquier momento un objeto útil si alguien trataba de separarla por las malas de Corbacho. Lucía cerró la navaja y la hizo recuperar su aire candoroso, ocultando los brillos agresivos de la hoja y dejando únicamente a la vista la redondeada empuñadura, que ahora parecía el inocente estuche de un peine o la funda de un bolígrafo. Pagó sin que nadie sintiera esta vez asco por su dinero y dejó que le envolvieran con primor la navaja. La vendedora debió de creer que la había comprado para hacer un regalo y Lucía aún tuvo que esperar a que acabaran de hacerle un complicado lazo a la envoltura para poder salir de la tienda con su compra en la mano.

Faltaban doce minutos para la hora de la cita. Lucía aprovechó para ir al baño. A solas, deshizo el envoltorio y abrió de nuevo la navaja, recreándose en su imagen reflejada en la cuchilla. Conforme iba girando la hoja, veía que el reflejo de su rostro se iba deformando. Según la inclinación que le daba, su rostro aparecía más anguloso o más redondeado, sus ojos más hundidos o más saltones, su boca más dulce o más agresiva.

Sintió miedo y cerró la navaja, que, en cuanto desapareció la cuchilla, recuperó otra vez su anterior aspecto tranquilizador. La lanzó al fondo del bolso de cuero que había sustituido al viejo bolso estampado y arrojó por el retrete el envoltorio y el lazo que lo adornaba.

XIX

Aquel piano vertical era blanco y tenía a los dos lados sendas argollas de latón que lo hacían parecer el ataúd de un niño grande. Ésta fue la primera idea que le surgió a Pablo al llegar a aquel lugar, en el que nunca había estado antes y que le había costado bastante localizar. Había salido de su casa con mucha antelación, quería llegar a la cita al menos con un cuarto de hora de adelanto para poder escoger un buen punto de observación. Suponía que el Centro Gran Vía debía de encontrarse cerca de la Gran Vía y que todo era cosa de llegar y preguntar.

El taxista le dejó, según dijo, lo más cerca que pudo, junto a una calle peatonal. Cuando

Pablo comenzó a caminar por aquella calle, escuchó a alguien que gritaba Agua, Agua, y la mayor parte de los peatones salió huyendo. Sin duda, la gabardina y el sombrero de fieltro negro intranquilizaban a aquella gente.

Asustado por la reacción que provocaba, Pablo desistió de preguntar por el Centro Gran Vía a los demás viandantes, gente aseada y bien vestida que iba inocentemente de compras y que difícilmente podía tener algo que ver con las temerosas putas y los asustadizos camellos. No le quedó a Pablo más remedio que callejear hasta que dio con el centro comercial, cosa que hizo cuando apenas faltaban diez minutos para las seis de la tarde.

Ya dentro, no tuvo necesidad de seguir preguntando, porque en cuanto llegó al patio central lo primero que vio fue el piano. Pablo había esperado otra cosa. Al oír en el mensaje de Lucía que en el lugar de la cita había un piano blanco, imaginó que se trataba de un piano de cola, uno de esos de las viejas películas musicales, y no un modesto piano vertical bastante machacado y repintado de blanco para disimular cicatrices.

Pero fueron las argollas de latón que tenía a los lados, dos elementos decorativos y carentes de cualquier función que daban al mueble un aire fúnebre, las que inquietaron a Pablo. El que el piano le recordara el ataúd de un niño, de un niño grande por su envergadura, le pareció un mal presagio y por vez primera tuvo la tentación de abandonar su juego y huir.

Aunque menos que entre las putas y los camellos de la calle, Pablo notó que su presencia también resultaba inquietante en aquel lugar. Sin duda, y en contra de lo que había creído, la indumentaria elegida por él no era la más apropiada para pasar desapercibido. Como remedio, decidió quitarse el sombrero de fieltro, bajar las solapas de la gabardina y buscar lugar en una mesa de un rincón.

Los boleros que tocaba el pianista hacían muy mala mezcla con los abetos nevados de la decoración navideña y con los angelotes gordos vestidos de Papá Noel que colgaban del techo. Nada más sentarse, un camarero acudió presuroso a atender a Pablo y regresó en menos de dos minutos con un café. Precavido, Pablo pagó su consumición en el momento, previendo la posibilidad de que algo o alguien le obligara a abandonar la mesa antes de lo previsto.

Recorrió con su mirada el bar y también los escaparates y pasadizos que podían verse desde su rincón, buscando a una mujer solitaria con un pañuelo rojo. También buscaba a un hombre solo, temiendo encontrar al verdadero Corbacho, que podía haber tenido la ocurrencia de acudir a la cita al escuchar el mensaje de Lucía. Le parecía improbable que el locutor tuviera la mezcla de curiosidad y valor necesaria, pero aun así creía que debía permanecer vigilante.

Acababa de trazar un nuevo recorrido con su mirada, girando lentamente ciento ochenta grados de izquierda a derecha, y ya había comenzado a hacer un nuevo giro en sentido contrario cuando la visión de algo rojo le hizo volver atrás. Apenas a dos metros de Pablo, una mujer dejaba ver un pañuelo de ese color a través de la botonadura abierta del abrigo. Pablo se encogió para conseguir lo más cercano a la invisibilidad que podía estar a su alcance. La mujer fue avanzando lentamente hacia el fondo del local, como si buscara a alguien o quisiera dejarse ver. Cuando Pablo la tuvo lo suficientemente lejos como para considerar prudente el abandono de su encogimiento, la mujer estaba ya completamente de espaldas. Durante un buen rato, lo único que pudo observar de ella fueron sus andares firmes y su aguerrida pisada. Incapaz de alcanzar a verla de frente, Pablo trató de leer en la mirada de los pocos hombres que sí podían verla la impresión que les causaba aquella mujer, pero todos parecían ignorarla y tener puesta la atención en otros asuntos.

La mujer se había parado junto a una mesa vacía que estaba en el lado opuesto del patio y trataba de llamar la atención de un camarero para preguntarle quizá si estaba libre. Pablo cayó en la cuenta de que era el único hombre solo en aquel lugar, y que, por tanto, Lucía podía dar con él fácilmente. Decidió abandonar su mesa y buscar un lugar desde el que le resultara fácil observarla sin que ella pudiera verle a él. A la izquierda de Lucía, y apenas a diez metros, había una pequeña librería que vendía también periódicos y revistas. Pablo fue bordeando el patio central hasta alcanzar su punto de observación. Cuando llegó, Lucía ya se había sentado y pedido algo al camarero. Sobre la mesa, había dejado un periódico cuyos perfectos pliegues denunciaban que aún no había sido abierto. No parecía inquieta ni aparentaba buscar a nadie y tenía puesta toda su atención en el pianista, que, a estas alturas, había abandonado los boleros para dedicarse a un género menos nostálgico. Pablo trató de identificar la melodía y, después de hacer memoria, concluyó que se trataba de una canción que decía algo sobre un truhán y un señor. A pesar del cambio de repertorio, el pianista seguía con su expresión de tristeza inconsolable, que, por tanto, sólo podía obedecer a su auténtico estado de ánimo y no a un exceso de celo profesional que le obligara a fingir mal de amores por considerar que era ésa la expresión que mejor servía de acompañamiento a los boleros.

Parapetado tras la primera revista que tuvo a mano al llegar a la librería-quiosco, Pablo pudo observar a Lucía sin temor a ser visto. En contra de lo que había advertido en la foto policial que apareció en los periódicos y que, hasta el momento, era la única imagen que conocía de ella, Lucía no tenía el mentón erguido. Pablo tampoco pudo reconocer la fuerte mirada que tanto le había impresionado. En cambio, distinguió en Lucía una atractiva mezcla de fragilidad y dureza que no se apreciaba en la foto. Lucía esperaba sin dar síntomas de impaciencia. Al menos, no miraba el reloj a cada instante. En cambio, sí parecía alerta y giraba continuamente su mirada vigilante por todo el bar. Nerviosa, jugaba constantemente con sus manos de dedos muy largos, pero controlaba bien los gestos de su cara disimulando perfectamente su ansiedad.

A Pablo le invadió una oleada de ternura y, por segunda vez, tuvo la tentación de abandonar su plan. En su defensa, podría decirse que no sólo había llegado hasta allí buscando vengarse de su vecino el locutor, sino, además, y quizá sobre todo, obsesionado con la imagen de Lucía desde que la vio en los periódicos que encontró en la hemeroteca.

Abandonar el juego dejando a Lucía allí, sin ninguna explicación, hubiera sido una burla cruel. No menos cruel, y quizá incluso peligroso, sería abordar a Lucía y decirle, de pronto, toda la verdad. Pablo necesitaba buscar una salida a esta venganza que se le había ido de las manos y amenazaba con tener como víctima a Lucía, en lugar de Corbacho. Para ello, necesitaba un poco de tiempo. Pidió a la joven dependienta de la librería una libreta y un bolígrafo y añadió a la compra la revista que le había servido de parapeto. La joven le entregó la mercancía y añadió una mirada burlona. Pablo buscó apoyo para poder escribir en un extremo del mostrador de la librería y hasta entonces no reparó en que la revista que había estado hojeando y acababa de comprar trataba sobre halterofilia y estaba llena de robustos varones de lubricadas pieles en extrañas poses.

Trató de ocultar como pudo la revista y, con impersonales letras mayúsculas, Pablo fue garabateando el mensaje para Lucía: Éste no es un lugar seguro, no vuelvas a aparecer por aquí, llámame a este número de teléfono. El número era el del teléfono de la casa de Pablo.

Pablo no firmó la nota porque no le pareció necesario; sólo Corbacho o quien ella pensaba que era Corbacho podía localizarla en aquel lugar. Además, quizá de forma ingenua, o tal vez cínica, no firmar aquella nota suponía para Pablo un recurso con el que atenuar la gravedad de su impostura. Dobló la hoja de papel y se acercó a un camarero, el mismo que había atendido a Lucía. Adjuntó al mensaje una buena propina y le ordenó: Déle esta nota a esa señora.

Lucía seguía recorriendo con su mirada el bar, buscando al hombre con el que había quedado citada y que ya tardaba en aparecer. Pablo buscó la salida a toda prisa en cuanto entregó el recado al camarero y aún tuvo tiempo de ver cómo Lucía recibía el mensaje y miraba hacia el lugar que el camarero le señalaba, aquel rincón, justo a la puerta de la librería, que le había servido de puesto de observación y en el que ya no había nadie.

En cuanto llegó a la calle, Pablo escuchó un grito que ya le resultaba familiar: Agua, agua, sonó antes de que las esquinas se vaciaran a toda prisa.

XX

A Pablo le esperaba una sorpresa al llegar a casa. Camino de su mismo portal iba el vendedor de BMW con el que había jugado a hacerse pasar por Corbacho. Había dejado aparcado en doble fila un coche relimpio y brillante, idéntico al que Pablo había visto en la tienda y por el que había fingido interés. Visto sin que él se sintiera observado, el vendedor parecía un hombre apocado y encogido, nada que ver con el individuo extrovertido y algo altivo, sólo lo justo para no ofender a los clientes, que le había atendido en la tienda del barrio de los hombres y las mujeres veloces. Esta diferencia entre el vendedor de BMW que Pablo había visto en la tienda y el que marchaba hacia el portal de su casa le confirmaba su primera impresión: el vendedor también era un impostor como él.

Pablo esperó para evitar cruzarse con el vendedor y se apoyó en una farola, como si ésta pudiera darle refugio. El vendedor no entró en la casa, sino que llamó desde el portero automático, quizá para mantener a la vista el coche o puede que sólo para evitarse un viaje en balde en ascensor. Si Pablo quería evitar ser reconocido, sólo podía entrar en su casa como un intruso. Pablo se subió las solapas de la gabardina y bajó las alas del sombrero de fieltro negro. El vendedor no le reconoció. Estaba muy ocupado en lamentarse por haber perdido el tiempo viajando hasta allí. Al pasar a su lado, Pablo pudo escuchar la queja que, entre susurros, estaba pronunciando y que resumía quizá el concepto que tenía de los clientes: Otro cabrón que no está en casa, murmuró.

El vendedor tenía razón. El hilo rojo que Pablo había dejado en la puerta de Corbacho seguía en su sitio. Por el apartamento de Pablo, en cambio, había pasado Estrella, dejando ropa limpia y comida preparada. La libreta negra estaba en su lugar, justo en el centro de la mesa de la salita, tan bien centrada y con los cantos tan exactamente en paralelo a los bordes de la mesa que Pablo sospechó que Estrella había estado curioseando, intentando saber si Pablo había comenzado por fin a escribir, cumpliendo así una de las últimas voluntades de su amiga Adela. Pablo hojeó la libreta negra y se sintió avergonzado una vez más al ver el vacío de las páginas sólo ocupadas por ese rayado horizontal gris que invitaba a trazar líneas ordenadas, a escribir con esmerada caligrafía. La vergüenza se convirtió en remordimiento y este sentimiento se unió al malestar que le acababa de provocar ver a Lucía esperando a Corbacho sin saber todavía que era sólo la víctima de una broma cruel.

Despojado de la gabardina y del sombrero de fieltro, Pablo pasó al cuarto de baño, el lugar en el que nació su impostura de Corbacho y en el que ensayaba las voces y los gestos de su falacia. Al verse reflejado en el espejo sintió que su malestar se incrementaba. Verse en él le confirmaba como farsante. Al espejo no podía mentirle. Él era Pablo, y no Corbacho. El autor de aquella broma cruel que aún tendría esperando a Lucía frente a un fúnebre piano blanco era él, y no su vecino el locutor. No le quedaba más remedio que huir de los espejos, fingir ante él mismo que era Corbacho para eludir la vergüenza y el remordimiento, y poner fin, procurando provocar el menor daño posible, a esta venganza que había terminado teniendo como víctima a Lucía.

Al día siguiente recibiría la llamada de Lucía. Dos días después, el lunes, tendría que volver a su trabajo, a su encierro en la trastienda. No podía retrasar el final de la broma. Además, no debía; porque tenía que evitar hacer más daño a la víctima involuntaria de la burla. No quedaba más remedio que citar a Lucía y decírselo todo. El problema era dónde. Hacerlo en el fúnebre bar del piano, en el centro comercial, era exponerse a dar un espectáculo. Lo mejor sería citarla allí mismo, en el apartamento de Pablo, aunque eso también tenía sus riesgos, porque, al sentirse engañada, Lucía podía responder con violencia. Pablo decidió aceptar este riesgo, como merecido castigo.

Más por costumbre que por curiosidad o ganas, marcó el número del contestador de Corbacho y luego tecleó la clave, cuatro veces cuatro. El zumbido del rebobinado de la cinta servía de prólogo a una oyente del programa que lloraba la muerte de su perro. Después, tras los últimos sollozos y el pitido que separaba un mensaje de otro, la jovial voz del vendedor de BMW, en su versión impostora, lamentaba no encontrar a Corbacho y le informaba que intentaría ir a buscarlo a su casa para probar el coche. Un pitido más y sonaba la voz agradable pero impersonal de una mujer que con plano lenguaje burocrático le avisaba que, no habiéndole encontrado en su domicilio, procederían a hacerle entrega del ordenador multimedia que había comprado a través del portero o, en su defecto, se lo dejarían en el rellano de su casa al día siguiente, si es que seguía sin estar localizable. La amable voz de mujer, que disimulaba muy bien su aburrimiento aunque no podía ocultar que peroraba un texto que se había aprendido de memoria, le anunciaba después que para la cuestión del pago ya se pondría en contacto con Corbacho el correspondiente departamento administrativo. Al final de este mensaje sonaron una serie de pitidos anunciando que era el último.

Nada más colgar, Pablo escuchó el susurro de un papel deslizándose por el suelo. Fuera, en la calle, las hojas de los árboles estaban quietas, lo que indicaba que no había viento. Además, las ventanas estaban cerradas. Se levantó a indagar y vio una pequeña cartulina que alguien había deslizado por debajo de la puerta. Se agachó a recogerla y oyó dos pasos, una llave que entraba en una cerradura y una puerta, sin duda la de Corbacho, que se cerraba de golpe.

La cartulina contenía un breve mensaje, que estaba escrito con apresurada caligrafía y rotulador rojo. Decía: Ha sido una broma estúpida. Ya sabes que tengo coche y no necesito otro. No entiendo nada.

Y, bajo el mensaje, como firma, el mismo apelativo familiar que Adela había usado para anotar en el listín de teléfonos el número de Corbacho: Manolo.

Dio la vuelta a la cartulina y, por el dorso, que realmente, y como pudo al instante comprobar, era más bien el anverso, advirtió que el mensaje había sido escrito aprovechando el envés de una tarjeta de visita de Corbacho. Pero no una tarjeta cualquiera, una auténtica, sino una de las que Pablo había impreso en la máquina del barrio de oficinas. Probablemente, la misma que entregó al vendedor de BMW.

XXI

Sentada en la cama de la pensión, Lucía había desplegado sus tesoros sobre la ajada colcha. Había dispuesto en abanico los sobados recortes de prensa que hablaban de Corbacho, dejando previsoramente en el centro un lugar para su última adquisición, aquella hoja de libreta escolar en la que el mismo Corbacho había escrito un mensaje en apresuradas versales: Éste no es un lugar seguro, no vuelvas a aparecer por aquí, llámame a este número de teléfono.

Lucía continuó haciendo arqueo de sus pertenencias, revisando el contenido del bolso que se había comprado junto al vestuario con el que había compuesto su nueva apariencia de ser bien vestido y feliz. Del bolso salió el fajo de billetes, algo menguado ya, pero también la libreta de ahorros que seguía marcando un saldo tranquilizador, un paquete de pañuelos de papel y la navaja. Colocó la navaja, tan serena e inocente con su hoja escondida, en el centro de todo, junto a los recortes y al mensaje de Corbacho. Fue a volcar el bolso para comprobar si había quedado algo dentro y de él salió un pequeño calendario de bolsillo.

Nada más caer el calendario sobre la colcha, como si se tratara de una mágica, o más bien de una maldita, coincidencia que quisiera llamar su atención sobre el fatal paso del tiempo, Lucía sintió una vibración en la muñeca y escuchó el bip-bip de alarma del feo reloj digital que le habían programado en el hospital para recordarle las horas de la medicación. El calendario tenía en su reverso la estampa de una virgen y unos versos religiosos y se lo habían entregado a Lucía justo antes de salir a la calle para que pudiera orientarse en el tiempo. Con este fin, alguien había subrayado con rotulador rojo las tres semanas de libertad de las que dispondría.

Lucía sabía que este plazo se había ido consumiendo y que le quedaban pocos días para volver a su rutina, pero no sabía exactamente cuántos. Cogió de la mesilla de noche el periódico que había comprado para que le sirviera de muleta a su soledad mientras esperaba a Corbacho en el bar del piano blanco, miró en él la fecha y luego consultó el calendario.

Era viernes, el viernes de la última semana marcada con rotulador rojo. El lunes siguiente tendría que estar de vuelta en el hospital. Sólo le quedaban dos días de libertad para encontrar al hombre que le había robado la voluntad.

XXII

A Pablo le despertaron los ruidos de una llave hurgando la cerradura de su puerta, el pestillo que se deslizaba y un leve portazo. Luego, unos pasos acolchados y sigilosos que se acercaban hacia su habitación. A través de los párpados entrecerrados vio que Estrella asomaba la cabeza y luego entraba de puntillas acarreando una bandeja con ropa planchada que fue colocando en el armario. En cuanto acabó su tarea, se marchó con el mismo sigilo con el que había entrado, pero, camino de la puerta, sus pasos acolchados se interrumpieron; probablemente, porque, tenaz, Estrella no había perdido todas las esperanzas y quiso asegurarse, abriendo una vez más la libreta negra, de que los póstumos deseos de su amiga Adela seguían siendo desobedecidos.

No era un día apropiado para holgazanear. Pablo se levantó diligente de la cama, como si hubiera sonado estridente como un despertador el ruido sordo que la puerta del apartamento había hecho al cerrarse tras salir Estrella. Era la primera vez en mucho tiempo que Pablo se levantaba de un tirón, como si tuviera algo urgente y necesario que hacer. Entró en el cuarto de baño y sintió vergüenza al ver su imagen reflejada en el espejo.

Esquivando el espejo, Pablo se afeitó bajo la ducha, guiándose sólo por el tacto antes de pasar la cuchilla por las zonas en las que la barba estaba crecida. Vio que la espuma y el agua que se iba tragando el sumidero de la ducha se teñían de un rosa fuerte como aviso de la sangre que, miserable castigo a su impostura, estaba costándole el tener que huir del reflejo de su propio rostro. Cuando salió de la ducha, el vaho desprendido por el agua caliente había cubierto salvadoramente el espejo. Pablo fue secándose el rostro con paciencia hasta comprobar que la sangre había parado y se untó una loción que le provocó un agrio resquemor que aceptó resignado como una penitencia.

Para vestirse, eligió el mismo traje oscuro que llevó al entierro de Adela y a su excursión al barrio de los hombres y mujeres veloces. Quizá creyó que la severidad indumentaria le haría más fácil la tarea de convencer a Lucía con unas explicaciones que, por cierto, ni siquiera sabía todavía cuáles serían, porque aún no había decidido qué podía decirle para explicar su burla y, a la vez, no la hiriera más. Pablo puso algo de orden en la casa, dejó que entrara el aire húmedo y frío de la calle, y, como si quisiera ganar tiempo antes de obligarse a meditar sus excusas, eligió entre las tres corbatas que poseía la que mejor podía ir a la situación. Jamás Pablo había dedicado tanta atención a su indumentaria, ni siquiera como excusa para tratar de retrasar en vano una tarea tan fastidiosa como la que se le presentaba. Entre una corbata negra, otra anaranjada con un estampado de sombrillas multicolores y una tercera azul con delgadas rayas grises, eligió esta última. Hacer el lazo sin ayuda del espejo le resultó tan laborioso como afeitarse bajo la ducha, pero, al menos, fue incruento.

A falta de espejo, hizo frente al televisor sus ejercicios matinales de imitación de Corbacho replicando al locutor que leía las noticias.

Sin excusas ya para retrasar la elaboración de las excusas que debía ofrecerle a Lucía, Pablo se sentó en un sofá y una oportuna modorra, que terminó convirtiéndose en sueño, le ayudó finalmente a esquivar esta desagradable tarea.

XXIII

Lucía echó de menos esa noche las píldoras que la habían mantenido aletargada durante cinco años y que arrojó al retrete en sus primeros días de libertad recobrada. Insomne, fue cubriendo de sospechas su optimismo inicial y llenándose de desazón. Había dado por buena la nota que un camarero le entregó en el bar del piano blanco sin poner en duda que el autor fuera Corbacho. Pero parecía demasiado fácil para ser cierto. Y demasiado oportuno, porque a Lucía sólo le quedaban dos días de libertad.

El camarero que le llevó la nota no había dado muchos detalles sobre cómo era el hombre que se la había entregado. Apenas dijo que llevaba un sombrero negro en la mano y una revista bajo el brazo. Pero de nada habría servido que la descripción hubiera sido más completa: Lucía no sabía cómo era Corbacho ni cómo era el hombre de la voz metálica, y, aunque lo hubiera sabido, tampoco le habría servido de gran cosa, porque el hombre que entregó la nota al camarero podía haber sido sólo un simple mensajero.

Quizá Lucía no estaba al tanto, pero esa misma madrugada de insomnio comenzaba el invierno y, como si fuera cosa de celebrarlo, el cielo se llenó de truenos y llegó un frío intenso que se colaba por los generosos intersticios de la ventana de la pensión y le hurtó el recurso de dar vueltas en la cama para huir de los malos presentimientos, porque si trataba de desplazar su cuerpo en el crujiente catre no lograba ganar gran cosa en optimismo y, en cambio, exponía su piel a las zonas más frías del colchón, lo que aumentaba, como en círculo vicioso, su desazón, su insomnio y su pesimismo.

La luz del día barrió las oleadas de pesimismo, pero no todos los miedos de Lucía. Nada más abrir los ojos, como si quisiera asegurarse de que no era un sueño, echó mano de la nota que había recibido en el bar del piano y recitó en silencio las siete cifras del número telefónico en que Corbacho esperaba su llamada.

Con la luz llegó a la pensión el trajín de todas las mañanas: pisadas apresuradas, discordias y voces en el pasillo y en la puerta del baño común. Como todas las mañanas, y en eso aquél no era un día diferente, Lucía esperó a que llegara la paz, lo que solía quedar certificado por el ruido que producía el viejo cubo de cinc con el que la anciana encargada de la pensión hacía la limpieza.

Como si fuera algo que por ensayado le resultara ya más fácil, Lucía se acicaló con el mismo celo que para acudir a la cita del bar del piano, pero en mucho menos tiempo. No remoloneó a la hora de elegir vestido, peinado o maquillaje. El frío la obligaba a decidir con rapidez y la incapacitaba para hallar gusto en la duda, por lo que se contentó con aplicar directamente la experiencia del día anterior, repitiendo indumentaria, y buscando quizá también con ello reproducir la misma suerte de la víspera.

Más tiempo dedicó, en cambio, a elegir qué llevaría en el bolso. Tenía importancia seleccionar qué objetos la acompañarían a la cita, ateniéndose a los mismos criterios de economía y sentido práctico que los grandes viajeros aplican a la hora de decidir la composición de su equipaje. Lucía saldría de la pensión sin conocer cuánto duraría su ausencia. Precavidamente, metió en el bolso, con apreturas, todos sus documentos, su dinero, la libreta de ahorros y el cepillo de dientes. Dudó si llevar consigo la ajada colección de recortes sobre Corbacho que conservaba como un tesoro desde hacía tantos años. En un primer momento, los dobló con cuidado e incluso les encontró lugar en uno de los flancos del bolso. Luego pensó que sería mejor ahorrar espacio y que se deteriorarían menos si dejaba los recortes en la pensión. Al fin y al cabo, si no conseguía dar con Corbacho estaría de vuelta pronto, y, si por el contrario, había suerte, para qué quería llevar consigo sus recuerdos si iba a poder estar con él mismo.

Finalmente, decidió dejar fuera los recortes, pero sí introdujo en el bolso el más nuevo de sus tesoros, la navaja que tan inocente parecía cuando estaba cerrada, pero que tanto la azoraba cuando dejaba ver su filo. El mango que ocultaba la inquietante hoja mantenía su tacto cálido y agradable, y Lucía disfrutó de él antes de meterla en el bolso. Por último, y dejándola bien a mano, colocó también dentro la tarjeta telefónica.

Había decidido evitar el viejo teléfono de monedas del pasillo de la pensión, expuesto a todas las curiosidades, y acogerse a la mayor intimidad que podía proporcionarle una cabina callejera. El número de teléfono que venía escrito en el papel que le había entregado el camarero del bar del piano blanco coincidía en sus tres primeras cifras con el del contestador de Corbacho, por lo que podía suponer que el teléfono en el que el locutor esperaba su llamada estaría cerca de su apartamento de la calle Olmos 16, o quizá en el mismo apartamento.

Al igual que en su anterior visita a la calle Olmos, Lucía tomó la precaución de pedirle al taxista que la dejara a un centenar de metros de su verdadero destino. Así podía asegurarse de que nadie la seguía. La lluvia había parado y dejado paso a un sol tristón, pero las calles seguían mojadas. Lucía llevaba apretado en el puño izquierdo el papel con el mensaje que le había entregado el camarero en el bar del piano y apenas pudo valerse de los dedos índice y pulgar de esa mano para ayudar a su mano derecha a pagar al taxista.

Tuvo que andar sólo unos pasos hasta llegar a una cabina de teléfonos. Dentro, una mujer hablaba con alguien parsimoniosamente mientras se entretenía en hacer bucles con el cable del auricular. No había cerca otro teléfono y Lucía se sintió indefensa en aquel lugar tan a la vista. Varias veces tomó la decisión de ir a buscar otra cabina que estuviera libre y otras tantas veces creyó, erróneamente, que la conversación de la mujer estaba a punto de finalizar porque vio cómo dejaba de jugar con el cable y sacudía la cabeza, a la vez que la oía decir Bueno, lo que podía interpretarse como expresión de acuerdo previa a la despedida. No fue hasta la sexta o séptima vez que oyó a aquella mujer decir Bueno cuando además la vio unir sus labios y el auricular con la mano, como si quisiera asegurarse de que lo que iba a susurrar, sin duda un adiós, sería bien escuchado, y poner fin a la conversación colgando el aparato. Antes de salir de la cabina, la mujer aún hizo esperar algo más a Lucía: sacó sin prisas un billetero del bolso, guardó en él la tarjeta telefónica que había utilizado y volvió a meter el billetero en el bolso.

La cabina parecía almacenar los olores de todos los que habían pasado por ella. De entre todos ellos apenas sobresalía un aroma dulzón, como de colonia para niños, que Lucía atribuyó a la parsimoniosa mujer que la había precedido. Desplegó el papel en el que venía el mensaje que le había entregado el camarero, ahora reblandecido por el sudor de la palma de su mano. Era un gesto inútil, porque hacía ya varias horas que conocía de memoria el número que debía marcar. Introdujo la tarjeta telefónica y tecleó las siete cifras. Alguien, inmediatamente, levantó el teléfono al otro lado. Lucía escuchó una leve tos, que quizá no era otra cosa que el disfraz de un titubeo. Luego, un silencio, y una voz muy apagada, inidentificable, casi un murmullo, que decía Diga. Vino otro silencio y, por fin, pudo identificar aquella voz que, esta vez de manera clara, decía Diga otra vez. Era una voz aterciopelada y tenía un leve acento del sur.

XXIV

El timbre del teléfono interrumpió la modorra de Pablo. Bandido, soy yo, escuchó nada más levantar el aparato, sin que apenas le diera tiempo a calentar la voz con un carraspeo para poder hacerse con la expresión de Corbacho. El diálogo telefónico entre Lucía y Pablo fue breve y estuvo lleno de silencios y titubeos. La inminencia de su objetivo parecía haber transformado a Lucía, desinflando la procacidad de sus anteriores mensajes telefónicos y envolviéndola en una timidez casi adolescente. Pablo decidió no alargar más la broma y citar a Lucía de inmediato y allí mismo, en su propia casa, con la misma urgente determinación con la que se decide beber de un solo trago un jarabe desabrido.

Pablo usaba la voz y el acento robados a Corbacho, pero lo hacía a medias, susurrando, como si así se sintiera menos culpable. Había dado a Lucía su dirección y aún esperaba respuesta cuando sonó el timbre de la puerta. Estoy cerca, ahora subo, escuchó que decía la mujer, dando a entender que llamaba desde las cercanías, quizá desde su misma calle. Tardaré un par de minutos, añadió. Lucía no se despidió, quizá porque no lo consideró necesario, ya que iba a encontrarse inmediatamente con Pablo. No dijo Te deseo, como solía en las ardientes despedidas de sus mensajes, y ni siquiera Hasta ahora.

Pablo abrió la puerta cuando el timbre, impaciente, comenzaba a sonar por segunda vez. Era un hombre con un mono azul y la marca de una compañía de transporte estampada sobre el peto. Había dejado en el suelo, entre la puerta de su apartamento y el de Corbacho, tres cajas de cartón y llevaba una carpeta y un bolígrafo en la mano. Las cajas de cartón estaban cubiertas de pegatinas que advertían sobre la fragilidad de su contenido. El hombre del mono azul parecía haber tomado como afrenta el hecho de que en aquella casa no hubiera portero.

Es un ordenador que ha comprado su vecino, necesito que firme aquí, dijo el hombre del mono azul mientras ponía frente a Pablo la carpeta y el bolígrafo. Pablo, dócil, hizo un garabato al pie de un impreso, simulando una rúbrica, en el lugar que le indicaba con su dedo índice el hombre del mono azul.

El hombre del mono azul cargó con la caja de cartón más grande e hizo ademán de ir a meterla en el apartamento de Pablo. Pablo se resistió y, cerrando el paso al repartidor, le dijo con firmeza que lo mejor era que dejase todo en el descansillo, que no corría allí ningún peligro. El hombre del mono azul recuperó su carpeta, el impreso firmado por Pablo y su bolígrafo y se despidió sin otra etiqueta que un encogimiento de hombros.

En cuanto cerró la puerta, Pablo se apresuró a repasar el interior de su apartamento para comprobar que estaba suficientemente presentable. Había comenzado a sacudir un cojín del sofá cuando de nuevo sonó la puerta. No había tiempo ya para pararse a pensar y mucho menos para trazar la estrategia de cómo confesar a Lucía la impostura de la que estaba siendo víctima. Pablo dudó en mirar antes a través de la mirilla, pero finalmente decidió abrir la puerta sin esperar más.

Era la primera vez que Pablo veía a Lucía de frente y de cerca. La mujer tenía los labios tan brillantes como en la foto que había visto en la hemeroteca. Lucía alguna arruga más y lo hacía con la misma altivez que en aquella imagen tomada cinco años antes. La mirada era en cambio muy diferente. No es que hubiera perdido aquella fuerza que había apresado a Pablo, sino que, de conservarla, la tenía escondida detrás de unos ojos muy redondos y húmedos que no parpadeaban y permanecían fijos en los ojos de Pablo.

Ambos se quedaron inmóviles junto a la puerta largo rato. Mantenían sus miradas, pero no es que se estuvieran estudiando; más bien parecían paralizados. La humedad de los ojos de Lucía amenazaba con desbordarse, luego la nariz y los labios de la mujer comenzaron a encogerse, apuntando el inicio de un llanto. Pablo se vio envuelto de pronto por sus brazos e intentó sofocar los sollozos que estallaron en el descansillo y debían resonar en todo el edificio. Sin soltar a Lucía, cerró la puerta de una suave patada y luego condujo a la mujer hasta el sofá.

XXV

Lucía, acurrucada en el sofá y con la cabeza apoyada en el hombro de Pablo, dejó de hipar. Quedó quieta y en silencio. Pablo y Lucía aún no habían intercambiado ninguna palabra. Pablo, por lo tanto, no había tenido que optar entre su voz y la robada a Corbacho. El calor de la cabeza de Lucía sobre el hombro de Pablo y una leve y cálida humedad en la hombrera de su chaqueta que podía ser sudor, lágrimas o saliva eran las únicas huellas que sentía de la presencia de la mujer. Además, Lucía olía bien. Su cuerpo y su pelo no formaban una fantasmagoría inodora como el cuerpo y el pelo de Estrella, su único recuerdo reciente de lo que era una mujer. Lucía olía a champú y a perfume, pero había bajo esos olores otro olor cálido y propio.

Pablo estaba incómodo. No sólo porque la situación le intimidara, sino porque llevando a Lucía casi a rastras y deshecha en llanto se había sentado en el sofá en una postura demasiado rígida, que aceptó en un principio por creer que podría rectificar en poco tiempo. Cohibido, no se había atrevido a pasar su brazo sobre los hombros de la mujer y ahora lo tenía aplastado por su peso, inmóvil y casi dormido, según denunciaba un intenso cosquilleo que le corría desde el interior del hombro hasta la punta de los dedos.

Pasaban los minutos, Lucía seguía en silencio y Pablo temía interrumpir este paréntesis. Si se movía para intentar atenuar su agarrotamiento, podía despertar a Lucía, si es que Lucía estaba dormida, lo que no estaba nada claro, o, si no, en el mejor de los casos, temía acabar con este provechoso silencio que le permitía no tener que decidir entre usar su propia voz o la robada a Corbacho ni dar explicaciones ni tener que pedir perdón.

A través de la ventana vio Pablo cómo se oscurecía el cielo y dudó si había pasado tanto tiempo que ya había comenzado a anochecer o era sólo una amenaza de tormenta. Fuera de la habitación, en el descansillo, se rompió de pronto el silencio: se escucharon pasos, un bufido que parecía salir de las fauces de un animal rabioso, una exclamación, Será Hijoputa, unos golpes furiosos sobre la puerta del apartamento de Pablo y el trueno de una amenaza: Ya Está Bien De Bromas Cabrón.

Sin duda, Lucía estaba dormida, porque sólo este último bramido interrumpió su quietud. Pegó un salto en el sofá y miró aterrorizada a Pablo. Hay Que Huir, susurró a gritos, si es que es posible susurrar a gritos.

El animal rabioso era el auténtico Corbacho, lleno de furia tras resistir el asedio del vendedor de BMW y definitivamente enloquecido al ver junto a su puerta un completo ordenador multimedia con todos sus avíos comprado a su cuenta por su bromista vecino Pablo. El locutor cerró de un portazo al entrar en su apartamento y este nuevo ruido alarmó aún más a Lucía, que no tenía por qué saber que este portazo fuera el punto y final, o al menos el punto y aparte, del incidente, ya que no estaba al tanto de las causas de la cólera de Corbacho, ni sabía que la bestia enfurecida era el auténtico Corbacho, ni que éste viviera en el apartamento de al lado y no en ese apartamento cuyo sofá ocupaba ahora y en el que buscaba el refugio de Pablo obligándole a protegerla con un abrazo, reanimando así de forma dolorosa e involuntaria la inmovilidad a que hasta entonces había sometido a su brazo derecho.

Tenemos que huir juntos, no te preocupes por nada, dijo Lucía a Pablo mientras abría su bolso y le mostraba el fajo de billetes.

XXVI

Pablo apenas había tenido tiempo de coger el cepillo de dientes, la documentación y la libreta negra. Había dudado si llevar consigo o no este fetiche que le había acompañado a todas partes durante los últimos años, pero apenas pudo entretenerse con la duda, porque Lucía le urgía a la huida. Pablo apenas se tomó un instante de vacilación antes de encajar malamente la libreta en el bolsillo de la chaqueta. Vamos, vamos, le insistía Lucía, y él se limitaba a obedecer, sin decir nada, retrasando todo lo posible la solución al dilema de elegir entre la voz propia o la de Corbacho y comenzar o no la confesión de su impostura.

No llevó consigo ningún equipaje. Ni siquiera una prenda de abrigo. Lucía le hizo caminar de puntillas hasta la calle, obligándole a prescindir del ascensor y a bajar a pie las escaleras, pegados a la pared, como si quisieran ocultar sus propias sombras. Allí, y como si siguiera un minucioso plan de huida, el mismo plan que le habría llevado a llenar previsoramente el bolso con billetes de banco, paró un taxi, invitó a subir en él a Pablo y susurró al conductor el destino del viaje.

El taxi se detuvo frente a la misma estación de autobuses a la que Pablo había vuelto en su viaje desde el sur. Saltaba a la vista que a aquel lugar no concurrían los viajeros más ricos ni los que pretendían las rutas más ambiciosas, pero, en cambio, había en aquel aire cargado por el gasóleo mal quemado y los retretes sucios mil veces más espíritu de aventura y más liturgia viajera que en el aeropuerto o en la estación de trenes de alta velocidad.

A pesar de lo apretado del andén, prodigiosamente, los pasajeros lograban caminar sin chocar entre sí. Casi todos llevaban improvisados equipajes de fortuna y parecían deambular sin más rumbo que el que les marcaba el azar, pero, sin duda, sabían cuáles eran sus destinos y cuáles los autobuses que les esperaban, y subían a ellos como si se fiaran más de sus intuiciones o de sus costumbres que de la información que se les proporcionaba, ya que ninguno leía el cartelón en el que se indicaban los andenes y los horarios, ni nadie podía escuchar los mensajes que salían de unos viejos altavoces de bocina situados en las esquinas y que la reverberación convertía en incomprensibles.

Es de suponer que Lucía tendría otra fuente de inspiración que la simple intuición cuando empujó suavemente a Pablo, indicándole un autobús de color azul. Lucía entregó al conductor un billete de banco y recibió a cambio unas monedas.

Se sentaron juntos en el último asiento. Cuando arrancó el autobús, Lucía volvió a refugiarse en el hombro de Pablo, como si la actitud decidida que había mostrado desde que huyeron del apartamento hasta que subió al autobús fuese sólo un paréntesis y ahora le correspondiera regresar a la temblorosa sumisión que mostraba desde que llegó a la cita.

A través del vaho de los cristales del autobús se veía de vez en cuando pasar pueblos en los que anochecía y comenzaban a encenderse tristes luces navideñas. Pablo creyó reconocer en aquel paisaje las mismas llanuras por las que había viajado hacia el sur con las cenizas de Adela. Creyó incluso reconocer aquel bosque de discóbolos, gnomos y venus mancas que habían sido testigos de su mal beber.

Pablo había pasado el brazo derecho sobre los hombros de Lucía, pero mantenía la mano quieta, agarrotada, como temiendo que cualquier movimiento pudiera confundirse con una caricia. Ya no sentía el olor de su pelo ni el de su cuerpo, cubierto por los miles de olores que habían pasado antes por aquel autobús y habían ido dejando en él sus huellas.

Viajaron en silencio durante toda la noche. El autobús se detuvo un par de veces y en cada una de las paradas bajaron todos los pasajeros. Todos, excepto Pablo y Lucía, que se quedaron en su asiento del fondo, olvidados. Al final de cada parada, los pasajeros, vocingleros y algo eufóricos, volvían a ocupar sus asientos, pero pronto sucumbían al sopor que parecía producirles las películas de vídeo que, una tras otra, iba encadenando el conductor. Eran historias de amor que ocurrían en países exóticos y estaban llenas de largos besos, puestas de sol y amaneceres en colosales paisajes. Era improbable que alguien pudiera seguir los diálogos, ya que la banda sonora se perdía bajo el runrún del motor, como si temiera despertar a los viajeros, pero a nadie parecía importarle, porque adivinaban que las que allí se decían eran palabras que habían oído mil veces en la pantalla aunque quizá nunca en la vida.

La inmovilidad provocó que el sudor y los pliegues de la ropa fueran lacerando la piel de Pablo. Mal encajada en el bolsillo izquierdo de la chaqueta, sentía que la libreta negra se le iba incrustando en las costillas. Pablo no podía quitarse la chaqueta sin despertar a Lucía o, en el caso de que no durmiera, sin poner en peligro el silencio que le permitía retrasar su confesión. Optó sólo por aflojarse la corbata y sacar la libreta negra del bolsillo, ganando así algo de holgura. Para desencajar la libreta de su lugar tuvo que hacer una larga maniobra valiéndose sólo de la mano izquierda y con gran sigilo, a base de pequeños tirones. Cuando estaba a punto de sacarla y sólo tenía que dar un par de tirones más para lograr su propósito, sonó un persistente bip-bip.

Para Lucía, la alarma de su reloj sonó como si fuera un trueno. No se sobresaltó, pero sí sintió que todo a su alrededor se sobresaltaba e imaginó que aquel sonido que había sido programado para que recordara las horas de la medicación iba a despertar a todo el autobús. Incapaz de detener el bip-bip, decidió al menos desprenderse del reloj, soltando la hebilla de la correa y dejándolo en un rincón del asiento.

El barato reloj digital y la libreta negra quedaron en el asiento trasero, olvidados o abandonados. Así, el equipaje de Lucía y Pablo era aún más ligero al bajar que al subir a aquel autobús.

El paisaje que se encontró Pablo en cuanto bajó y pudo averiguar qué había tras el vaho de los cristales del autobús era conocido: había dos viejos teléfonos de monedas, una garita de madera que anunciaba la venta de billetes para Tánger y una flamante caseta de ladrillo, cristal y aluminio en la que dos policías leían con fervor de lunes la prensa deportiva.

Era lunes. El día en que se acababa la libertad de Lucía y la de Pablo.

Esperaron juntos, buscando el calor del sol, sentados en el pretil del que nacía el pantalán. No se atrevió Pablo a rehacer allí el abrazo protector que le había unido a Lucía durante todo el viaje. Cohibido por el silencio, intentó decir algo. No había pensado aún qué voz usaría cuando Lucía, salvadora, con su navaja plegada, inocente, en el fondo del bolso, le interrumpió: No hables, no digas nada, nuestras vidas empiezan aquí; de lo de antes, no hay nada que decir.

XXVII

Las últimas luces del día traían voces que hablaban un idioma extraño y un intenso olor a hortalizas pisoteadas, especias y dulzones perfumes. Vio su rostro sin afeitar reflejado en el espejo que había sobre el lavabo que ocupaba un rincón de la habitación y sintió con alivio que otra vez podía enfrentarse a su imagen sin sentir vergüenza. A través del espejo, contempló el cuerpo desnudo de Lucía, tendida sobre la cama.

Todo había sido mucho más fácil de lo que pensaba. Entre jadeos, Pablo logró resolver el dilema que tanto le había atormentado hasta entonces y decidió hacer suya para siempre la voz de Corbacho, aceptando que era él aquel Manolo al que Lucía invocaba con susurros.

Lo mejor era dejarse llevar, hasta el final, siguiendo a Lucía en lo que apenas intuía debía de ser un viaje a los confines del sur.

El autor espera sus comentarios en el buzón
de correo electrónico
larecoleta@globalmail.net!

Este libro se acabó de imprimir en
Novoprint, S. A., Sant Andreu de la Barca (Barcelona)
en el mes de mayo de 1997